約會大作戰 11

DATE A LIVE Devil TOBIICHI

惡魔鳶一

「——啊啊，對了，我還沒問你呢
——你叫什麼名字？」
精靈——狂三

「……我叫……五河士道。」
高中生──五河士道

「琴……琴里……妳冷靜一點……」
精靈——四糸乃
「七罪！為什麼只有妳沒穿泳裝啊！」
〈拉塔托斯克〉司令官——五河琴里

「……沒有啦，因為那個啊……仔細想想，
那種羞死人的裝扮，我怎麼穿得出去啊，
總覺得好蠢喔……」
精靈——七罪
キナコサミン
2500mg
を配合！

「如果惹你不高興，我向你道歉。因為五河同學
你長得跟我以前認識的人一模一樣，我有點吃驚。」
士道的同班同學——鳶一折紙

CONTENTS

約會大作戰

惡魔鳶一

橘 公司
Koushi Tachibana

Kadokawa Fantastic Novels

第六章　掙扎

「……請問，你看完了嗎？」

聽見戰戰兢兢如此詢問的聲音，五河士道赫然抖了一下肩膀。

看樣子，他似乎發呆了一陣子。朝聲音的方向望去，士道發現一名戴著眼鏡的嬌小女性——通稱小珠的岡峰珠惠老師正一臉困惑地對著他攤開記事本。看來是因為自己目不轉睛地注視著記事本，才害她不得動彈的樣子。

「！看……看完了……非常……謝謝妳。」

士道如此說完，輕輕低頭道謝後回到原本的姿勢。

不過，也難怪士道會被記事本奪去目光。

理由很單純。因為記載在上面的日期——是距「今」五年前的日期。

士道嚥了一口口水濕潤喉嚨後，再次環顧四周的景色。

似曾相識，卻又與記憶有著微妙差距的街景。

與剛才截然不同的季節景色。

以及——不認識士道的小珠老師。
這些要素一點一點地證實了記載在她記事本上令人難以置信的訊息。
「那麼，我就先告辭嘍……」
小珠歪著頭說道。於是原本皺眉沉思的士道猛然瞪大雙眼。
「啊，好……不好意思，謝謝妳。」
士道說完後，小珠一臉疑惑地歪著頭離開現場。
士道目送她的背影離去後，靠在圍牆上。
「……五年前？不會吧？」
他扶住額頭發出呻吟。想對這荒唐不經的事情一笑置之的常識，與顯示在視野內的種種證據在腦中拔河。
這也難怪。時間這種東西無法倒流也無法侵犯。時光一旦流逝，就不可能再復返。只要接受一般的教育，小學生都能理解這種事吧。
然而，士道卻無法否定。
他的腦海裡掠過一種可能性。因為士道來到這個世界的前一刻，遇見了某位少女。
「狂……三——」
士道濕潤乾渴的喉嚨呢喃著這個名字後，腦海裡便清楚地回想起那名少女的姿態。那一頭綁成左右不均等的漆黑長髮、裝飾了紅黑色洋裝的白皙肌膚，以及刻在左眼上的時鐘錶盤。

狂三。時崎狂三，人稱最邪惡精靈的未封印精靈。

她擁有的天使〈刻刻帝(Zaphkiel)〉能力是——操縱時間。

外形為時鐘的天使，錶盤上的每一個數字都隱藏著不同的能力，將那個錶盤滲出的影子裝進子彈裡，便能快轉或停止射擊對象的時間。

而來到這個世界的前一刻，狂三向士道射擊了兩發子彈。士道撫摸著毫髮無傷的額頭，嚥了一口口水。

違背常理的存在，精靈與天使。

只要運用她的能力，搞不好——

『——嘻嘻嘻……嘻嘻！』

「……！」

就在士道費心思考的時候，從某處傳來一道輕笑聲。

「是……是誰！」

『哎呀哎呀，真令人傷心呢。你那麼快就忘記人家了嗎？』

聽見那個聲音、那個口吻，士道猛然倒抽了一口氣。

「難不成……妳是狂三！」

『是啊、是啊。呵呵呵，你能發現是我，還真是萬幸呢。』

聲音的主人——狂三接著如此說道。這感覺真奇妙，明明到處都看不見她的身影，卻只有聲音聽得一清二楚。就像是有個透明人在你耳邊呢喃，要不然就是有個小人住在你的腦海裡那樣的感覺。

士道連忙左顧右盼。不過，沒瞧見四周有任何類似人影的東西。狂三或許是覺得士道的模樣很有趣，嗤嗤竊笑了起來。

『呵呵呵，你這麼做也找不到我的——因為，我現在和你待在不同的「時間」裡啊。』

「什麼……！」

狂三的發言令士道屏住了呼吸。

雖然「那是」剛才一直懸在士道心中的可能性，但重新被告知，心臟還是會強烈緊縮。迷失在理應不可能存在的世界的感覺以及來歷不明的不安感在士道的心中擴散。

士道好不容易將差點變紊亂的呼吸調整好後，對不知身在何方的狂三說道：

「這裡——果然是五年前的天宮市……嗎？」

『哎呀哎呀。』

狂三發出感到意外的聲音。

『你已經察覺到那裡是「什麼時候」了嗎？呵呵呵，真有一套呢。』

「……我只是好狗運罷了。重點是——妳會解釋給我聽吧？」

士道皺著眉頭說完，狂三便點了點頭回答：『是啊。』

『正如你所推測出來的，我利用了〈刻刻帝〉最強之彈【十二之彈(Yud Bet)】的力量，將你送回到五年前的天宮市。』

「【十二之彈】……」

恐怕是〈刻刻帝〉擁有的能力之一吧。他本來就認為〈刻刻帝〉是個擁有強大力量的天使，但沒想到竟然連回到過去都辦得到。

『而我現在能和你說話，也是靠〈刻刻帝〉【九之彈(Tet)】的力量。它是能將意識與位於不同時間軸的人連結的子彈——不過，因為這發子彈用途有限，我不太常使用，所以在連結意識上花了一點時間。』

「連結……意識？」

『對。不僅能像這樣和你對話，甚至連你的所見所聞都能和我共有。』

「……總覺得，心裡不是很舒服呢。」

士道垂下視線，試著將手一張一合。這片景色也會傳到狂三的眼裡嗎……感覺像是受到遠端操控的機器人一樣。

『呵呵呵，所以我勸你盡量別做出對人難以啟齒的行為喲。我倒是完全不在意就是了。』

「誰……誰會做啊！」

聽見狂三打趣似的說完，士道不禁大聲吶喊回應她。一名偶然走在路上的女性像是看見怪人一樣，快步通過士道的後方。

「總……總之，馬上讓我回到原本的時代！我現在可沒空在這裡閒晃！我在做這種事的期間，十香她們會……！」

士道緊握著拳頭傾訴般大聲吶喊。

沒錯。士道必須立刻回到原本的時代才行。

原本時代的天宮市現在正受到前所未有的大災害侵襲。折紙的反轉體突然出現在天空，無數的光線從天而降，將城鎮蹂躪得體無完膚。

十香、八舞姊妹和美九等人打算阻止折紙，四糸乃和七罪則為了拯救市民而到處奔波。再加上趕來幫助士道的〈佛拉克西納斯〉被折紙擊落，仍不清楚琴里和船員們是否平安無事。能封印精靈靈力的士道從這樣的情況中消失，不難想像原本的世界究竟會落得何種下場。

『嗯──是啊。「這邊」的情況慘不忍睹呢。放眼望去，大地化為一片焦土，就算是地獄，也不常看見如此淒慘的光景吧。』

「……！所以，快點──」

不過，狂三擺出一副像是在說這種事不用你說我也知道的表情，感嘆地嘆了一口氣。

『什麼都不做就回到原來的時代，這樣真的好嗎？虧我還用〈刻刻帝〉超級機密的【十二之彈】把你送到過去呢。』

「……！妳這話……是什麼意思？」

士道不明白狂三話中的含意，呻吟般發出聲音。

『就是字面上的意思啊——如果你想挽回這絕望的狀況，只能在五年前的天宮市想辦法阻止折紙了。』

「阻止折紙……？等……等一下，我不明白妳的意思。這裡確實也有折紙沒錯，但五年前她還是小學生吧？我到底要怎麼做——」

『不是的。你應該見的是已經變成精靈的折紙喲——她應該會靠我的【十二之彈】，回到五年前才對。』

「什麼……！」

士道不禁發出高八度的驚愕聲。

「折紙……會來到這個時代！」

『對。我將你回溯的時間拉長了一點，她應該還沒回到五年前，不過我想馬上就會到你那邊的時代。』

「這是怎麼回事？為什麼折紙會回到五年前……」

『為了替父母報仇。說得更正確一點——是為了在父母被殺害之前，先擊敗那個敵人。』

「…………！」

聽見狂三淡淡的發言，士道感覺心臟一陣揪痛。

原本分散在腦海裡的訊息逐漸彙整成形。

五年前，折紙的雙親被精靈殺害、折紙所獲得的超越人類智慧的力量，以及——狂三的【十二之彈】。

「妳的意思是，折紙她……是為了打倒〈幻影(Phantom)〉才回到這裡的嗎……？」

士道回想起五年前待在火災現場的另一名精靈，呢喃似的說道。

「不過，既然是這樣，為什麼回到原本時代的折紙會反轉啊！她到底在這個時代發生了什麼事啊！」

『這個嘛……我也不知道。我就是為了調查這一點，並且顛覆那件事——才對你發射【十二之彈】呀。』

「……原來如此。」

士道將手放到胸前，抑制從剛才起就劇烈跳動的心臟。

找尋回到五年前的折紙動向，查明她反轉的原因並且解決事態。如果狂三說的沒錯，確實似乎只有這個方法了。

不過——士道還有一件事不明白。他像是在瞪隱形的少女般，露出銳利的視線開啟雙脣：

「……狂三，假如妳說的沒錯，為什麼會願意為我做出這種事？不只是我，妳會將折紙送回到五年前，也是因為折紙拜託妳的吧？」

沒錯。這就是士道無法理解的部分。

狂三在違背常理的精靈之中也是性質特別不同的存在。狂三確實也曾經幫助過士道，但那不過是因為兩人利害關係一致的緣故。她會為了某人使用天使，令士道一時之間無法置信。

士道說完後，狂三沉默了片刻，然後回答：

『我也並非……沒有得到利益喲。能用別人的靈力試射【十二之彈】可是難得的機會呢。不過……這個嘛……』

狂三吐了一口氣後，繼續說道：

『硬要說的話，是希望你證明吧。』

「證明？到底是要證明什麼？」

『——歷史可以靠人力改變。』

士道感覺狂三說出這句話的語調跟平常她戲謔人時有些不同，不禁倒抽了一口氣。

「改變……歷史……」

『對。讓我見識見識吧。「抹消」這無可救藥的毀滅、希望落空的悲劇吧。』

「那種事情……我做得到嗎？我聽說過歷史有所謂的修正力……」

士道面有難色地說道。他對科幻知識沒什麼研究，但以前在看有關穿越時空的電影時曾經聽過這種理論。

簡單來說，就是即使利用時光機器回到過去做出什麼改變歷史的重大事情，結果更改過的部分還是會像遭到修正一樣再次發生類似的事情，形成接近原本歷史的世界。

不過，狂三聽見士道說的話後哈哈大笑。

『士道，你說這話還真是奇怪呢。』

一道詭譎的嘆息聲在士道的腦海裡響起。要是狂三在場，肯定會挑釁地抬起他的下巴吧。

『到底是誰提倡那種理論的呀？那個人有實際穿越時空證實他的想法嗎？』

「這……這個嘛……」

『無論這個世界有多麼廣大，能干涉無法倒流的時間的，就只有我時崎狂三以及〈刻刻帝〉而已，請不要聽信空有理論的學者和作家一派胡言。只有士道你自己親眼所見的東西才是唯一的真理。』

狂三以淡淡的口吻說道。

彷彿不是說給士道，而是說給自己聽一樣。

「狂三……？」

『……我太多話了呢。雖然我提早了一點時間發射出【十二之彈】，但你也不可能一直待在那個世界。開始行動吧。』

狂三重振起精神說道。於是，士道緊咬牙齒，點了點頭。

他現在仍有許多不明白的事，但要阻止折紙反轉、拯救化為煉獄的城鎮，似乎只有這個辦法可行了。

「好……我們走吧，狂三。」

士道說完後便抬起頭，轉過身子。

折紙的目的是打倒殺死雙親的精靈，而那個對象恐怕是——〈幻影〉。既然如此，她勢必會出現在火災現場天宮市南甲鎮。

士道握緊拳頭，下定決心，邁開步伐朝目的地奔去。

雖然不知道正確的時間，但太陽已經西斜。然而，盛夏的太陽威力絲毫沒有減弱，仍火辣辣地照射著士道的身體。每動一次手腳就滿身大汗，毫不留情地奪走士道的體力。

然而，士道並沒有因此停頓下來。不知道能在這個時代逗留多久而感到焦躁也是原因之一——最重要的一點在於，十香和四糸乃等人都在原本的時代奮戰，自己怎麼可以坐視不管。

不知道跑了多久，士道終於抵達熟悉的場所。

「南甲……鎮……」

他慢慢地減緩速度，在呼吸急促的空檔低聲呢喃那座城鎮的名字。

沒錯。擴展在他眼前的，正是遭火災肆虐前的天宮市南甲鎮的風景。

真是奇妙的感覺。看見曾經居住過的城鎮景色，士道的心中微微泛起一股既像鄉愁又像懷舊的情感。

就在這個時候——

「啊……」

士道發現了某樣東西，不由自主地停下了腳步。

『士道，你怎麼了？』

狂三疑惑地問道。不過，士道無心回答她的問題。

在他眼前的是一間房子。

一間有醒目深紅色屋頂的兩層樓住宅，並沒有特別引人注目的特色……不過，當士道看見它的瞬間，便宛如被震懾住一般動彈不得。

因為，那是直到五年前為止士道住過的家。

然而，士道並非因為看見這間屋子本身才不禁停下腳步。

而是因為看見它的瞬間，腦海裡閃過了一個念頭。

五年前。現在士道所處的地方是五年前的天宮市，是折紙的雙親遭精靈殺害，她因此在內心發誓要消滅精靈的那一天。

不過，五年前發生的並非只有那件事。當折紙認定仇人的那個時刻，城鎮正被火焰包圍。

——被士道的妹妹五河琴里所引發的業火包圍。

狂三要士道接觸回到五年前的折紙，並「抹消」折紙反轉的事實。

所以士道心想：既然如此……是否也能「抹消」琴里五年前被〈幻影〉變成精靈的事實？

如果現在琴里在家，是否就能叫她今天別去公園，叮嚀她別靠近理應會遇到〈幻影〉的那個現場。

當這個念頭掠過腦海時，士道的雙腳下意識地朝自己過去的家移動。

雖然記憶模糊，但五年前的八月三日，士道應該已經上街去買琴里的生日禮物。照理說，不會碰見以前的自己。士道熟練地打開大門後，沿著庭院走向家裡的後方。

就在這個時候，寫著「五河」的門牌映入他的眼角。於是，狂三應該也察覺出士道行動的意義了，便以稍微強勢的語氣對他說：

『士道，我明白你的心情，不過請你放棄琴里的事吧。』

「我沒打算忽略折紙的事……！可是——」

『我不是這個意思，而是如果琴里「沒有成為」精靈，不知道從「那個時間點」到五年後會產生什麼影響吧？』

「……！啊——」

聽見狂三這麼說，士道赫然瞪大了雙眼。

士道被琴里不用成為精靈的可能性沖昏了頭，考慮得不夠周全。如果琴里此時此地沒有成為精靈——她根本也不會被〈拉塔托斯克〉發現。

如此一來，〈拉塔托斯克〉或許就不會知道士道擁有封印能力，甚至連封印十香、四糸乃、耶俱矢、夕弦、美九、七罪等人力量的事實也可能「不存在」。只有這一點絕對必須避免。

士道一臉懊悔地緊咬牙齒，輕輕點了點頭。

「……抱歉，看來我一時失去了理智。」

『沒關係。能改變過去的可能性，既是能使人瘋狂的美酒也是毒酒。我不會責備你。』

狂三以一副大徹大悟般的口吻說道。

士道微微皺起了眉頭。他強烈認為狂三的話和剛才一樣，含有自我警惕的成分。

不過仔細想想，那也是理所當然的吧。想必每個人類都希望得到能改變過去的可能性。士道無法想像握有那種權力的狂三至今有過何種思量和苦惱。

「欸，狂三，妳——」

正當士道打算對狂三說話的瞬間，大門的方向傳來一道聲音。

「五河太太，我是隔壁的鈴本～」

「……！」

聽見突如其來的聲音，士道抖了一下肩膀。

「不在嗎……我進去一下喔～」

說完便聽見大門打開的聲音。

對方是五年前住在隔壁的鈴本太太。她常常分送鄉下寄給她的蔬菜來家裡……說到這裡，士道記得他和家人不在家的時候，面對後院的廊簷下經常放著蔬菜。

這件事本身很令人感激沒錯，但她也太不會挑時機了。因為現在的士道不是應該在這裡的小學生，而是五年後的高中生，怎麼看都是可疑人物。要是鈴本太太報警，很可能會浪費掉寶貴的時間。

「該……該怎麼辦……！」

在士道感到不知所措的期間，鈴本太太的腳步聲也愈來愈接近。士道急忙環顧四周，卻找不到可以躲藏的場所。萬事休矣。

——就在這個瞬間，焦急不已的士道腦海裡突然掠過一個想法。

「——哎呀。」

住在五河家隔壁的主婦鈴本尚子踏進五河家後院時，看見一名少年的身影。

大概是高年級小學生吧，中性又可愛的五官是他最大的特徵。

「士道，你在啊。不好意思喔，我按了門鈴，可是沒有人出來應門。」

「……不……不會！我才不好意思，我好像沒聽到門鈴聲……」

這個家的長男五河士道不知為何露出僵硬的笑容如此說道。尚子一臉納悶地歪了歪頭後，將手上的塑膠袋遞給士道。

「這是鄉下寄來給我的，不介意的話，你們全家一起吃吧。」

「非……非常謝謝您，感激不盡。」

士道接下塑膠袋，低頭道謝。

「……哎呀？」

「請問，哪裡有問題嗎？」

「沒什麼啦，只是士道你散發出來的感覺好像跟平常不一樣呢。」

「咦！怎……怎麼會，沒這回事啦……」

「是嗎？唔……是我多心了嗎……算了。幫我跟你媽問聲好。」

「好的，謝謝您。」

尚子聽著士道的聲音，走出五河家的庭院。

「…………呼！」

確認鈴本太太離開庭院後，士道吐了一大口氣。

『呵呵呵，你頭腦動得真快呢，士道。』

「……是啊，還好成功了。」

士道擦拭著汗水回應狂三，然後便發現自己擦拭額頭的手比記憶中小了一號。

不只手，連身體、腳，甚至是穿在身上的衣服也全都小了一號。

沒錯。當士道快要被鄰居看見時，掠過他腦海的是過去七罪曾用她的天使〈贗造魔女〉(Haniel)將其他精靈變成兒童時的畫面。

如果是小學生的士道，即使待在這個地方也不奇怪。而且，士道將七罪的靈力封印在自己體內。既然如此，他應該也有辦法做到，於是便試著施展了〈贗造魔女〉的力量……雖然和十香的〈鏖殺公〉(Sandalphon)以及四糸乃的〈冰結傀儡〉(Zadkiel)不同，士道一次都沒有使用過這個天使，但看來是順利發揮出力量了。

「抱歉，浪費了一點時間。我們走吧。」

士道將剛才接下的塑膠袋放在廊簷下，呼喚狂三後，使勁地在全身施力。

不過——

「……嗯？」

『你怎麼了？』

「沒有啦……只是，我要怎樣才能變回原樣啊？」

士道臉頰流下汗水，並且皺起眉頭。因為是臨時變身的，他不知道該怎麼變回來。

『哎呀哎呀，真是傷腦筋呢。接下來得去找折紙才行呢。』

「嗯……得想辦法變回原貌才行……」

就在士道垂下雙眼低聲呻吟的時候，狂三在他腦中嘻嘻嗤笑。

『士道，在你變回去之前，能不能先站在鏡子前面一次呢？』

「咦？為什麼？」

『因為我看不見你難得變可愛的臉啊。』

「……我說妳啊。」

士道瞇起眼睛嘆了一口氣。

不過，就在這一瞬間——

「……！」

天空突然閃起紅色的光輝，士道猛然回頭望向那個方向。

只見一道巨大的火柱矗立在鱗次櫛比的民房屋頂彼方，下一瞬間，火柱便在半空中四濺，周圍一帶被熱浪侵襲。

火焰剎那間便包圍住整個廣闊的城鎮，燃燒房子和樹木。附近發出好幾道哀號和尖叫聲，城鎮的居民同時開始避難。

「這是……琴里產生的火焰嗎？」

『看來似乎沒錯呢。』

狂三回應士道。士道氣憤地咬牙切齒。看樣子，琴里似乎早就去了之前的那座公園。

然後，就在剛才被〈幻影〉變成了精靈〈炎魔(Ifrit)〉。

「唔……！」

士道坐立難安，當場邁步奔跑。身體雖然還是維持矮小的模樣，但也沒時間理會了。琴里變成精靈，就代表〈幻影〉在那裡——而折紙將會穿越時空來到這個地方。

不過，大群避難的居民和被火焰燃燒坍塌的房屋堵住了道路，無法順利前進。

士道搜尋著五年前的記憶，好不容易繞遠路來到了之前提過的那座公園。

「……！那是——」

在士道抵達公園時，已經有三個人比他搶先一步到達。

一位是抽抽噎噎哭泣的年幼琴里，另一位則是趴倒在地的五年前的士道。

以及——站著俯視兩人，類似雜訊的「某種東西」。

「〈幻影〉……！」

就在士道呼喚這個名字的時候——

一道光線從天傾注而下，隨後〈幻影〉的身影便一瞬間消失無蹤。

「……！」

士道感覺腦海裡有火花四射。

沒錯，士道曾經看過這樣的畫面。五年前，確實有光線從天空射向〈幻影〉。

士道猛然抬起頭，彷彿在搜尋天空——剛才釋放光線的源頭。

於是，看見了一名人物的身影。

那是一名身穿夢幻的白色洋裝，帶著許多有如「羽毛」般的東西的美少女。不過，她的容貌如今因憎惡和憤怒之類的情感而染上了憤恨之色。

「折紙……！」

士道不由自主地大聲吶喊。沒錯，待在那裡的，正是從原本的時代穿越時空來到這裡的精靈，鳶一折紙。

折紙變成精靈的過程至今仍然是個謎。不過，現在的折紙還沒有變成反轉體。

恐怕——接下來會發生什麼事。

天空了吧。

發生令折紙——那個堅毅的少女跌入絕望深淵的事情。

天空除了折紙之外，士道還看見了剛才消失蹤影的〈幻影〉。想必是閃過折紙的一擊，逃到天空了吧。

只見折紙揮了揮手，飄浮在折紙周圍的「羽毛」便立刻朝〈幻影〉釋放出光線。

彷彿以此為信號，兩人開始在空中四處奔馳。

『士道，快追上去，要不然會跟丟。』

「好……我知道了！」

士道聽見狂三說的話後，反射性追著兩人，再次邁步奔跑在熊熊燃燒的街頭。

折紙接二連三發射出光線攻擊〈幻影〉，然而〈幻影〉似乎只是一個勁地躲避攻擊，沒有做出像樣的反擊。宛如在玩你追我跑的遊戲，在天空東西南北到處飛翔。

「折紙！折紙！是我！聽我說！妳不能繼續這樣！」

士道追著兩人拚命扯開嗓子大聲呼喊，但折紙完全沒有回應他。不過，那也是理所當然的事。原本距離就已經夠遠了，更何況在折紙眼前的是她多年來恨意愈來愈強烈的仇敵。就算是折紙，會沒注意到周圍的事情也沒什麼好奇怪的。

不過即使如此，也不能就此放棄。士道拚命追著兩人的身影大喊：

「折紙！折紙！」

「折紙！」

就在這個時候——

「咦……？」

其他人呼喚折紙的聲音突然傳來，令士道停下腳步，將視線移回地面。

視線所及是一對看似夫婦的男女。大概是從烈火燃燒的家中逃出來的吧，只見兩人的衣服髒兮兮的，身上也有許多細小的傷痕。

士道雖然一時納悶為什麼他們會呼喊折紙的名字，但是——他立刻知道了理由。

因為他們的前方站著一名年紀大約是小學生的女孩。

她有著一頭及肩的髮絲以及看似伶俐的五官。

沒錯，那就是……折紙五年前的模樣。

「爸爸、媽媽——！」

折紙眼角泛起淚光，對父母平安無事感到開心，出聲呼喚兩人。

然而，下一瞬間——

「…………！」

士道感覺自己的視界剎那間染成一片純白。

緊接著，一股強烈的衝擊波侵襲四周，輕易地吹飛士道變小的身體。

「唔啊！」

士道狠狠撞上水泥牆，發出痛苦的聲音。

『士道，你沒事吧？』

「嗯……我沒事……還行。重點在於──」

士道好不容易坐起身子後，望向折紙和疑似她父母的夫婦。

──然後……

「什麼──」

士道目睹的畫面令他啞然無言。

前一刻夫婦所在的位置形成了一個大窟窿，而剛才理應還是人形的好幾個「部位」悲涼地躺在窟窿裡。

這淒慘的光景若是常人看見，想必會不由自主地胃液逆流吧。不過，士道只是瞪大雙眼，站在原地。

因為──他看見了。

他看見五年前的折紙站在比他更近的位置，目睹了這幅光景。

「啊……啊……啊……啊啊啊啊啊──」

折紙發出沙啞的聲音，像是要緊緊抓住原本是她父母的東西般在地上爬。

緊接著，咬牙切齒地抬起頭瞪視上空——傾注光線的根源。

然後——

「天——使……」

折紙仰望著天空，輕聲低喃。

聽見折紙的聲音後，士道也反射性地抬起頭——嘟噥：

「……！難……道是——」

士道像是有蟲爬過皮膚一樣打起寒顫，並且發出顫抖的聲音。

沒錯。在他眼前的……

正是身穿純白靈裝的精靈折紙的身影。

從這裡無法看清釋放光線的精靈長相，五年前的折紙大概只能勉強看見人型的輪廓吧。不知道精靈存在的人會將那個身影形容為「天使」，或許也是無可厚非的事。

「就……是……妳……」

折紙癱坐在地上，純真的眼眸湧現強烈的恨意，大聲怒吼：

「不能……原諒……！殺了妳……！我——絕對要殺了妳……！」

那道聲音理應不可能傳到高空，然而身穿純白靈裝的折紙卻在這句話吐出的同時，扭動似的抖著身體。

不知情的人看見這幅情景，可能會以為她在哈哈大笑吧。

不過，士道心裡非常清楚——那名精靈不可能在笑。

「這是……怎麼回事……怎麼回事啊……！」

換算成時間的話，僅僅數秒。不過，一切的事情在這短暫的時間內發生，然後結束——接著，士道理解了所有事情的前因後果。

折紙回到五年前雙親遭到殺害的現場，試圖「抹消」這個事實。

不過，折紙「得知」了——殺害她雙親的真正犯人是誰。

『……原來如此。』

與士道共享視覺的狂三在士道的腦海裡發出聲音。

『我本來就認為像折紙那麼堅強的人竟然會變成「那副模樣」，肯定是因為發生了什麼重大的事情……』

狂三話還沒說完，飄浮在空中的精靈便像融在空氣中一般消失得無影無蹤。

「……！消失了……？」

『大概是【十二之彈】的效果到達極限了吧。她應該已經回到了原本的時代。』

「……怎麼會！那麼……！」

士道不禁大叫出聲。這也難怪。因為士道和把他送回五年前世界的狂三兩人的目的，是要調查同樣回到五年前的折紙經歷了何種事態才造成反轉，並且消除那個原因。

反轉的理由確實以無上的形式顯示在兩人的面前，但目的本身也同時消失了。這下子，已經不可能改變歷史。

「到……到底該怎麼辦才好——」

束手無策的士道在此時突然屏住呼吸，止住了話語。

理由很單純。因為燃燒坍塌的建築物一部分倒向癱坐在地的五年前的折紙。

「——折紙！」

士道頓時如此吶喊，說時遲那時快撲向折紙，兩人就這麼滾落在地。下一瞬間，燃燒的建材倒向折紙剛才所處的地方，捲起漫天的塵土和火花。

「唔……！」

繼續待在這裡太危險了。士道不停輕咳並拉起折紙的手，奔跑在染成一片火紅的街道上。

好不容易逃到火舌沒有蔓延的地方才停下腳步，隨後折紙也無力地跪倒在地。

「呼……呼……妳……妳還好嗎，折紙？」

士道說完才察覺到自己的疏失。雖然瞬間展開行動，但這個時代的折紙應該還不認識士道才對。脫口叫出她的名字，或許不太妙。

不過，士道的擔憂只是杞人憂天。

折紙似乎完全沒發現有陌生人呼喊她的名字，只是顫抖著露出空洞的眼神仰望天空。

不對——說是空洞，可能也形容得不是很恰當。

憤怒、怨恨、失落、悲哀——所有人類可能擁有的負面情感縱橫交錯，混濁了她的眼眸。

「爸爸……媽媽……」

折紙開啟乾燥的嘴唇，發出微弱的聲音。

「…………！」

那副模樣太過令人心疼，士道不禁皺起了臉孔。

「我——」

「…………折紙！」

士道不知所措，不知道該說些什麼才好。不過，他知道絕對不能就這麼放著她不管。士道半下意識地用雙手緊緊摟住折紙，宛如要抑制住她波濤洶湧的情感般，用顫抖的雙手用力地緊緊擁抱她。

「……你……是……」

折紙這時才總算像是發現士道的存在一般，發出細小的聲音。

「沒事的！沒事的，所以……！」

士道緊緊抱著折紙，像是抽泣又像是低吟般說道。他知道這句話太不負責任，但他就是無法不這麼說。

女孩嬌小得連體型變小的士道用雙手就能緊緊抱住，她要面對的世界未免太過冷酷無情。這名少女將來理應要走的艱辛道路以及最終勢必會抵達的「真相」，這結局太過殘酷，令士道不得不大喊：

「折紙……妳總有一天……一定會發現……所有的事情還有真相……！不過──千萬不要忘記！妳不是孤單一人……！」

「你在……說什麼……」

折紙以困惑的聲音回應士道。這也理所當然。然而，士道無法止住話語。

「妳的悲傷，由我來承受……！妳的憤怒，由我來接收……！如果感到迷惘，就依賴我！如果面臨無可奈何的事態，就使喚我！全部、全部都發洩到我身上沒關係！所以、所以──」

士道用力抱住折紙，繼續說道：

「千萬──不要感到絕望……！」

「…………！」

折紙怔怔地聽著士道說話，可是──不久便開始微微顫抖。

「──啊……嗚……啊……嗚嗚……嗚啊啊啊……啊啊啊啊……！」

折紙抓住士道的衣服，將臉埋進他的胸口，發出壓抑的聲音開始哭泣。

也許是因為士道的出現放鬆了緊張的心情，也或許是失去父母的哀傷如今才一湧而上。士道無法判斷，不過——此時此刻，折紙才終於表現出她這個年齡的女生該有的情感。

「爸……爸……媽媽……——」

「折紙……」

折紙抽抽噎噎地哭泣，士道在顫抖的手上施力，撫摸她的背。

然後——不知道這麼做過了多久。

「……謝謝……你……」

哭過一陣子的折紙如此輕聲說完便放開士道的衣服，站了起來。

接著用袖子擦了擦眼淚，將充血變得通紅的眼睛朝向士道。

「你……到底是誰？」

「啊，呃……這個嘛——」

仔細想想，這是再自然不過的問題，但突然被人這麼一問，士道不知道該怎麼回答才好。因為他沒有想過這個答案，立刻就衝了出去。

隨便打馬虎眼也不是辦法，於是士道下定決心回望折紙的眼睛。

「我是……五河士道，住在這附近。」

「五河……士道。」

折紙像是再三思量士道的名字般呢喃過後，轉過身。

宛如──不讓士道看見自己的表情一樣。

「……你剛才說的話，是真的嗎？」

「咦……？」

「你願意全部承受嗎？」

「對……對啊……！當然是真的。」

聽見折紙說的話，士道大大地點了點頭。雖然是半下意識脫口而出的話語，但他說的話皆出於真心。

「這樣啊。那麼──」

於是，折紙依然沒有讓士道看見她的表情，接著說道：

「我的眼淚，交給你保管；我的笑容，送給你；開心和快樂也請你全部帶走。」

「咦──？」

聽見出乎意料的話，士道瞪大了雙眼。

「──這是我最後一次哭泣，也是我最後一次露出笑容。」

折紙說完一瞬間回頭望向士道。

看見她那被眼淚濡濕的笑容，士道什麼話也說不出口。折紙再次別過頭。

「不過，只有這股憤怒是屬於我的；這份醜陋的情感，是屬於我一個人的。不管要花多久時間，不管要用什麼手段，我都要……殺了她，殺了那個——天使。」

「——」

天使。士道聽見這個字眼，微微顫了指尖。

但是，他說不出口，說不出那名精靈就是未來的折紙。他無法告訴這名幼小的少女。

「所以，在那之前請你保管那些感情，直到我——殺了天使為止。」

折紙背對著他說道。

「折——紙……」

士道只能怔怔地呼喚她的名字。

年幼的復仇鬼留下士道一個人，邁步離去。

◇

「…………」

狂三在黑暗降臨的夜裡一副無精打采的模樣嘆了一口氣。

「原來是這麼回事啊……」

與士道共享感覺的狂三眼裡此刻映入了兩種情景。

打開眼瞼，在視野中擴展開來的，是因反轉的折紙從天空釋放出漆黑的光線而快被破壞殆盡的街道；閉上眼瞼，則能看見發誓要向精靈復仇後離去的五年前的折紙背影。

——如今，狂三和士道一起得知了所有的事情。得知從五年前回到現代的折紙成為反轉體的理由。

「還真是諷刺呢。」

狂三抬起頭望著飄浮在漆黑空中的折紙。

然而，如今出現在狂三視線前方的精靈一點都不像她所認識的折紙。

身穿喪服般的漆黑靈裝的精靈彷彿漂浮在羊水中的胎兒，蜷縮起身體飄浮在空中。有大大小小無數的「羽毛」圍成一個圈，懸掛在她的周圍，不停向眼下的地面傳達破壞的意志。

「這——究竟該如何是好呢？」

狂三撫摸著下巴低喃。

把士道送回五年前固然是個好主意，但結果只調查出折紙反轉的原因。這樣下去——

就在這個時候——

「……哎呀？」

狂三突然挑起眉尾，回頭望向後方。

理由很單純。因為狂三的背後傳來一道輕微的腳步聲。

「你是哪位？找我有什麼事嗎？」

狂三像是要牽制神祕來訪者似的說道。

於是停頓一拍後，彷彿回應狂三的聲音般，有人走了出來。

「……！你是──」

狂三看見意想不到的人物出現，瞪大了雙眼。

◇

「……我──」

只是目送著折紙背影的士道跪倒在地。

內心充滿了龐大的無力感。結果，士道根本無能為力。

然後，映入視野的地面卻與士道做出的動作相反，離他愈來愈遠。

「咦……？」

一瞬間，他還以為是身體違背自己的意志擅自動了起來——然而，並非如此。士道將視線落到自己的身體後，發現之前變成孩童的身體正變回原來的大小。是靈力用盡還是有時間限制？或是另有原因……雖然不知道詳細的情形，但七罪的能力似乎解除了。

此時，士道的腦海裡響起狂三不耐煩的聲音：

『……真是看不慣呢。』

「……抱歉。難得妳特地為我施展了【十二之彈】……」

『我不是指這件事。』

不過面對士道的賠罪，狂三語帶嘆息地繼續說道：

『——折紙的殺親仇人就是她自己……？原來如此，這確實足以構成她絕望的理由。但是——這情形很明顯是因為我使用了〈刻刻帝〉才造成的……』

士道聽見「喀」一聲緊咬牙根的聲音。總是令人捉摸不定的狂三會做出這種行為，實在非常難得。

『士道，我問你。你第一次遇見折紙是在什麼時候呢？』

「咦……？這個嘛……是在高二開學換班的時候——」

『會不會當時你以為是第一次見面，但折紙其實早就認識你了呢？』

聽狂三這麼一說，士道才回想起來。折紙當時確實早就知道士道的名字。

「啊——」

士道這才發現——

折紙會認識他是理所當然的事。

因為——折紙在「五年前」的「這個時候」就已經遇見過他。

士道的反應令狂三更加不悅地開口：

『真沒意思。不開心，太——不愉快了。』

「狂三……？」

『折紙會憎恨精靈的原因、士道會和折紙相遇——以及建構原本世界的主要因素，全都與我的力量有關。如果我沒有將折紙和士道送回五年前，就無法構成原本的世界……』

狂三自言自語似的說道。

或許正如狂三所說，如果沒有狂三這名精靈、沒有〈刻刻帝〉這個天使，士道等人生活過的世界也許會全然不同吧。

「可……可是，妳也不是為了造成這種結局才使用〈刻刻帝〉的吧……？」

『當然不是啊。可是，「想要改變歷史的行為」本身，正是建構現有歷史和世界的要素。本以為拚命掙扎過了，結果不過是被「世界」這個絕對性的存在任意操弄罷了——這個事實，令我非常氣憤。』

「……！」

聽見狂三唾棄似的語氣，士道不禁倒抽了一口氣。

不過，他的腦海裡同時浮現一個想法……便開口說道：

「狂三……妳也有什麼想重新來過的事情嗎？」

『……哎呀哎呀。』

士道說完，狂三頓時沉默，然後又回到了平時戲謔般的語氣。

『說到這個，重新和士道相遇或許很有意思呢。呵呵呵，如果是現在的我，肯定能在那個時候「吃掉」你喲。』

「…………」

聽見狂三說的話，士道噤口不語。但他並非是對狂三的危險發言感到害怕，而是發現狂三明顯是想藉由嚇唬他來迴避話題。

逼人說出不想說的話不是他的嗜好。況且，現在有一大堆比那更令人在意的事情。

「……可是不管怎樣，一切都結束了。」

士道一臉悔恨地緊握拳頭說道。

既然折紙已經回到原本的世界，就無法阻止折紙反轉。既然五年前的折紙已經親眼目睹雙親被殺害的情景，也無法消除她想復仇的心。套一句狂三的話來說，士道只是被世界操弄罷了。

雖然不清楚【十二之彈】的效力還能維持多久，士道應該也很快就會被送回原本的世界吧。回到反轉的折紙蹂躪大地，那個如惡夢般的世界。

『是……啊。』

狂三像是在回應士道的話一樣如此說道。

『你說的確實沒錯。你無法阻止折紙，無法改變世界——那似乎是在「這個世界」決定的「未來」。』

「……狂三？」

士道皺起眉頭。他覺得狂三的表達方式有些奇怪。或許是察覺到士道的疑惑，狂三嘻嘻嗤笑。

『我剛才聽說那似乎已經成定局了呢。』

「聽說……妳究竟是聽誰說的？」

『——聽「距離現在數十分鐘後的士道」說的。』

「啥……？」

士道聽不懂狂三在說什麼，瞪大了雙眼。

「妳那是什麼意……」

『就是字面上的意思啊。距離「現在」數十分鐘後，「在士道從五年前什麼都沒做又回來後的世界」，我施展了【十二之彈】將未來的士道送回來。不過，大概是節省靈力的關係，你大約一分鐘後又回去原本的世界，所以我無法跟你聊太多就是了。』

「……！妳那邊的世界，又有未來的狂三……！」

士道震驚得瞪大了雙眼，不過——仔細思考過後，也並非不可能。

士道和折紙都是藉由狂三之手來到了五年前的世界。既然未來也有狂三存在，那麼也可能藉由她的力量將未來的某人送到現代吧。

不過——就在這個時候，士道產生了一個疑問。

「未來的我……為什麼要特地穿越時空回去呢？」

沒錯。仔細想想，這太不自然了。

【十二之彈】應該是狂三的殺手鐗，實在難以想像她會只為了傳達絕望的未來而消耗保貴的時間，射擊那樣的子彈。

像是要回覆士道的疑問一般，腦海裡的狂三回答：『就是說啊。』

『阻止折紙失敗的士道似乎失望地等到【十二之彈】失去效果，回到了原本的世界——不過，據說在那之後，他想到了一個方法。』

「一個……方法？」

『沒錯。但是已經回到原本時代的士道沒有辦法實行。』

「……！原來是……這麼一回事啊——」

所以，未來的士道拜託狂三，對數十分鐘前的狂三——「處於士道還在五年前世界的狀態下的」狂三傳達他的想法。

為了改變歷史。

為了打破已成定局的未來。

——將希望託付給過去的自己。

士道感覺自己已經冷冰透頂的身體再次燃起熱度。

「狂三……！」

『是啊，事情似乎還沒結束呢——大幹一場吧，士道。破壞這個「該死」的世界吧。』

聽見狂三不像平常彬彬有禮的模樣口出穢言，士道不禁吐出一口氣，然後揚起嘴角。

「沒問題……我什麼都幹，如果能拯救大家——拯救折紙。」

『呵呵呵，這才像話嘛。』

可能是感受到士道內心的振奮，狂三在士道的腦海裡愉悅似的笑道。

「所以……那個方法是什麼？」

『我這就回答。仔細想想，那是再自然不過的事了。不過沉浸在失意中、內心焦躁的士道或許想不到這個方法吧。』

「唔……」

聽狂三這麼一說，士道的臉頰流下汗水。

「總……總之……沒有時間了吧？快點行動吧。」

『是啊是啊，你說的沒錯。時間比金錢還要珍貴呢。』

狂三打趣似的說完後，繼續說道：

『你無法阻止折紙的最大理由就是在於「不知道會發生什麼事」。』

「嗯……可能真的是這樣吧。」

士道露出苦澀的神情點了點頭。

看見來自原本世界的折紙的下一瞬間，她已經開始和〈幻影〉交戰——電光石火之間，一切便已終結。倘若能事先知道事情的來龍去脈，或許有辦法阻止。

此時，狂三有些無精打采地嘆了一口氣。

『老實說，我實在不想這麼做……但也並非沒有辦法。』

「咦……？要……要怎麼做？」

『道理很簡單。只要再次重頭來過就好。』

「……啥？」

聽見狂三說的話，士道發出錯愕的聲音。

「是……是沒錯啦……妳的意思是等我回到原本的世界後，妳再使用【十二之彈】把我送到五年前的世界嗎？」

『這個方法不太實際。發射過一次【十二之彈】後，應該會消耗掉大量儲存在你身體的靈力。也許並非做不到，但要是消耗掉之後我「享用」的分量，那可就傷腦筋了呢。』

「……我說妳啊。話說，回到過去也用了我封印的靈力嗎！」

『呵呵呵，那是當然啊。就算我再怎麼心血來潮，也沒好心到為了你使用自己的靈力。』

狂三表示：『有意見嗎？』士道雖然有許多不滿，還是決定先暫時保持沉默。於是，狂三繼續說道：

『不過，若是從你現在所處的時代將時光倒流一些，應該能重新來過。』

「……！啊，對……對喔——！」

狂三說的確實沒錯。

『——交疊使用【十二之彈】。原來如此，很有趣的想法。不過，我想……你必須在第一發子彈的效果還沒消失前達成目的，否則你會被強制送回原本的時代。』

「那……那麼，得快點行動才行！狂三，快對我發射【十二之彈】！」

然而，狂三卻無奈地嘆了一口氣。

『現在的我，終究只是借用你的感覺器官罷了。我無法從這裡干涉你那邊的時代，更別說是傳送〈刻刻帝〉的子彈了。』

「那……那麼，該怎麼辦啊！」

士道忍不住高聲吶喊，於是狂三像是在耳邊吹氣般輕聲嘆息後，繼續說道：

『──不是只有一個方法嗎？』

「咦……？」

聽見狂三說的話，士道皺起了眉頭。

幾分鐘後，士道爬上矗立在火災現場附近的大樓逃生樓梯。

「呼……呼……」

從剛才開始就不斷運動的身體早已發出哀號，夏天的炎熱和火焰的高溫毫不留情地奪走他的體力。

不過，他可不能抱怨，能留在這個時代的時間已經所剩無幾。士道踏著鏗鏗的吵鬧腳步聲，一層一層向上爬。

不久，士道來到大樓的頂樓，氣喘吁吁地環顧四周。

「在這裡……沒錯嗎？」

『對，我想應該不會錯。』

「應該……我說妳啊……」

士道瞇起眼睛回應狂三曖昧不清的回答。他一邊調整呼吸一邊移動腳步，想察看從入口看不見的死角地帶便走向頂樓邊緣。

從彷彿俯視住宅區而建的大樓頂樓上，能將現在火勢仍猛烈的南甲鎮景色看得一清二楚。消防車和救護車的警笛聲在附近響個不停，使得傍晚時分的街頭異常喧鬧。

「…………」

士道不忍目睹如此淒慘的光景，移開視線後，再次轉頭張望大樓頂樓以免有所遺漏。

然而——他什麼都沒看見。

「喂，沒有人在耶。妳是不是搞錯了啊……？」

『真是奇怪呢。不可能會——』

就在這個時候——

狂三話還沒說完，士道便感覺到背脊一陣發涼，當場動彈不得。

「……啊——」

——有人在他的背後。

士道本能感受到這件事，嚥了一口口水，屏住呼吸。

接著，彷彿回應士道一般，後方傳來聽似對士道的來訪感到興味盎然的聲音。

「——哎呀、哎呀。」

熟悉的語氣。

「…………」

士道舉起雙手避免刺激站在他背後的絕對性捕食者，並且慢慢回過頭望向後方。

——站在他眼前的是……

「哎呀，沒想到這種地方竟然會有客人來呢，真是難得。」

說完這句話露出妖魅笑容的時崎狂三。

第七章　幻影

「『五年前的——狂三』……？」

在來到大樓頂樓的數分鐘前，狂三說的話令士道發出驚愕的聲音。

『對。正如我剛才所說，這個世界上能干涉時間的就只有我。所以——在你那個時代擁有〈刻刻帝〉的只有一個人，那就是五年前的我。』

「可是，我能待在這裡的時間有限吧？現在開始找的話——」

『別擔心。我記得五年前，我應該有去過那附近。』

「這附近……？」

這偶然實在太巧，令士道差點皺起眉頭，但他立刻「啊」的一聲瞪大了雙眼。

「……妳該不會要說，妳五年前也見過我吧……？」

『沒有。如果我記得沒錯，應該沒有發生過那種事。我以前會來到那個城鎮附近，也只是來看看突然發生的火災情況。』

「來看火災？」

『因為這麼嚴重的災害，可能與精靈有關。』

「…………」

聽見狂三說的話，士道冒出冷汗……心想如果他當時沒有封印住琴里的力量，兩人可能早就被狂三發現，成為她吸取靈力的糧食。

或許是從士道的沉默感受到了什麼，狂三發出輕笑。

『真是討厭呢，我也不是那麼沒有節操呀。』

「……這……這樣啊。」

士道含糊地回答後清了清喉嚨，重新打起精神。

於是，狂三像是配合他一樣繼續說道：

『我五年前在那附近。不過，並沒有遇見士道……這一點，我可以保證。可是——不對，正因如此，這個行動才具有意義。』

「怎麼說？」

『請你想想看，如果你遇見了原本不該和你相遇的我——光是這樣，雖然只是一件微不足道的小事，但歷史的確改變了，對吧？』

「或許……真的是這樣吧。」

『總之，快點行動吧。正如我剛才所說的，已經沒有太多時間了。』

「好——我知道。」

士道說完，一把握住拳頭。

「狂三，告訴我，我該往哪裡走？」

士道下定決心後，詢問腦海裡的狂三。

然後——時間來到了現在。

「…………」

士道深呼吸，好讓劇烈跳動的心臟緩和下來，並且目不轉睛地凝視著站在大樓頂樓上的一名少女。

站在那裡的，是和士道印象中分毫不差的狂三。

不對——說得更正確一點，不變的只有外表看起來的年齡，她的裝扮倒有幾分不同。點綴著蕾絲和荷葉邊的單色調女用襯衫和裙子，頭髮沒有綁起來，而是戴著附有薔薇裝飾的髮箍。

更具特色的是她的面容吧。她的左眼宛如要掩蓋時鐘的錶盤似的，戴著醫療用的眼罩。

士道看見那副裝扮，微微皺起眉頭。然後以只讓腦海裡的狂三聽見的細小聲音詢問她：

「……狂三？妳為什麼要戴眼罩啊？」

『請不用介意。』

「該不會是受傷了吧？」

『請不用介意。』

「可是……」

『請、不、用、介、意。』

狂三用強硬的語調如此說了，士道只好保持沉默。

接著，像是配合這個時間點一般，站在眼前的五年前的狂三做出反應。

「哎呀哎呀哎呀。」

狂三如此說完擺出逗趣的姿勢，可愛地歪了歪頭。

「你在嘀咕些什麼呢？來這種地方有什麼事嗎？」

狂三以輕鬆的口吻對士道說，卻看不見一絲像是鬆懈的成分存在。表情雖然露出微笑的形狀，眼神卻冷靜又正確地在觀察士道的容貌和舉動。

不過，士道的時間所剩無幾。他下定決心開口說道：

「狂三！我有事情拜託妳！」

「……哎呀？」

士道呼喚狂三的名字後，她便一臉疑惑地挑起眉毛。

「竟然知道我的名字……你到底是誰？」

狂三一邊說著一邊舉起右手。於是，一把老式手槍從狂三腳下擴展開來的影子中飛出，不偏不倚地飛進狂三手中。

狂三就這麼以流暢的動作將槍口對準士道。士道急忙揮了揮手。

「等……等一下！我沒有敵意——」

話還沒說完，子彈便瞬間在士道腳下的地板上爆炸。

「嗚哇！」

「沒有我的允許，請不要隨便亂動。我要問你幾個問題，要是你不老實回答我，你的性命可就難保嘍。」

要是不回答問題，感覺子彈下次就會射穿心臟。士道高舉雙手開口：

「我……我叫五河士道，來自五年後的世界！狂三……把妳的力量借給我吧！」

「……你剛才說什麼？」

士道說完，狂三立刻改變臉色。

「你要是開玩笑，可是會玩火自焚喲。」

「我才不會因為想開玩笑而站在妳面前咧……！求求妳，聽我說！」

「…………」

狂三像是在揣測士道的本意般瞇起眼睛。接著，像是對這幅情景感到吃驚一般，士道的腦海裡響起一道聲音：

『哎呀、哎呀……以前的我還真是慎重呢——不過，我可不想浪費太多時間。士道，想辦法觸碰那個我。』

「觸碰……妳別為難我了啦。」

「……你在說什麼嗎？」

將槍口對準士道的狂三一臉納悶地皺起眉頭。這也難怪。從她的角度看來，大概只看見士道一個人喃喃自語個不停吧。

士道做出可能會再被狂三射擊一次的覺悟，向她伸出手。

「求求妳。妳繼續舉著槍就好。可以握住我的手嗎？」

「我可不是純情的少女，會傻得乖乖聽從來歷不明的對象所說的話。」

「『狂三』說——她想和妳說話。」

「……！」

聽見士道說的話，狂三抽動了一下眉尾。原本時代的狂三之所以能和士道共享感覺，也是因為狂三的能力所導致。這個狂三心裡應該有數吧。

「哦……是嗎？」

狂三小心謹慎地瞪著士道前進，觸碰士道的手。

於是——

「……！」

宛如有一股微弱的電流竄過般，狂三微微抖了一下。

『應該說……好久不見嗎？我。』

「……原來是這麼回事。這的確是我的聲音……呢。五年後的世界到底發生了什麼事？」

看來五年前的狂三似乎也能聽見士道腦海裡響起的狂三的聲音。原來如此，這的確比任何遊說都來得有效果吧。

原本世界的狂三簡潔地說明了狀況。兩人改變歷史失敗的事，以及——為了再次重頭來過，希望借用這個時代的狂三的力量。

「……妳要我對這個人發射【十二之彈】嗎？我。」

『對，沒錯。可以拜託妳嗎，我？』

五年前的狂三沉默了一陣子後——輕聲嘆了一口氣。

「……好吧。就讓我盡一點棉薄之力吧。」

「！真……真的嗎！」

「是啊——不過，你要自己付出需要的靈力。」

狂三放開士道的手，「咚、咚」地踏著跳舞般的步伐向後退。然後，交互敲了敲兩隻後腳跟，同時高舉左手。

「好了、好了，過來吧，〈刻刻帝〉，該你上場嘍。」

一只巨大的時鐘錶盤彷彿回應狂三的呼喚般，從影子裡現身。那是天使〈刻刻帝〉，將士道送到這個時代，操縱時間的狂三天使。

與此同時，原本盤踞在狂三腳下的影子膨脹般擴大它的面積，隨後伸出手纏住士道的腳。

下一瞬間，一股強烈的倦怠感侵襲士道全身。

「唔……咕……」

他記得這種感覺，和他從原來的世界被送到這個時代的前一刻，狂三抓住他時的感覺一樣。

「〈刻刻帝〉——【十二之彈】。」

狂三將手裡的手槍舉向正上方。接著，濃密的影子從〈刻刻帝〉錶盤上的「Ⅻ」滲出，並吸進槍口。

「好了。那我要開槍嘍。」

狂三緩慢地將槍口指向士道。雖然士道明知道被【十二之彈】擊中並不會感到疼痛，但還是反射性地僵住身體。

或許是看見士道這副模樣，狂三揚起嘴角露出邪佞的笑容。

「你說……你叫士道吧——祝你好運。」
「……對，謝啦——還有，狂三。」
「？什麼事？」
「我覺得那個眼罩，妳戴起來很好看喔。」
『……！』
「哎呀？」
聽見士道說的話，腦海裡的狂三屏住了呼吸，而眼前的狂三則是露出微笑。
「——很榮幸得到你的稱讚。那麼，五年後再見吧。」
狂三最後說出這句話，接著發出驚人的靈力克制不斷抖動的手槍，然後扣下扳機。
漆黑的軌跡從槍口朝士道的胸口劃出一條直線。
被【十二之彈】命中的瞬間，士道感覺自己的身體像是被捲進子彈的旋轉似的，逐漸形成螺旋狀。
然後，好似隨著子彈的勁道被吞進漩渦——士道的視野陷入一片黑暗。

◇

『——道、士道。』

「……！」

聽見腦海裡響起的聲音呼喚，士道猛然睜大雙眼。過了一會，他發現自己仰躺在原地。

士道所處的地方是和剛才一樣的大樓頂樓。不，「和剛才一樣」這種表達方式或許有語病吧。頂樓已經不見五年前的狂三身影——更重要的是，從頂樓望去的南甲鎮並沒有竄起火舌。

「成功——了嗎？」

『看來是成功了呢。』

狂三回應士道的自言自語。

沒錯。雖然不知道正確的時刻，但是士道再次穿越時空，回到了過去。

回到火災發生前的世界。

回到琴里變成精靈前的世界。

——回到折紙殺死父母前的世界。

『沒有時間沉浸在感慨裡了，士道。』

「嗯……我知道。」

聽見狂三的提醒，士道當場站起來，再次放眼望向在眼下擴展開來的南甲鎮景色。他握起拳頭，低聲呢喃，好似在叫喚只有聲音的狂三。

「——去改變世界吧。」

狂三像是一瞬間倒抽了一口氣似的停頓了一會後，點頭回答：『好的。』士道聽見狂三的回答後，立刻沿著逃生樓梯爬下大樓。

「不過，雖然成功回到了火災發生之前——但具體來說，接下來該怎麼做才好呢？」

『難得那麼帥氣地出發，氣氛一下子全被你破壞光了呢。』

聽見士道說的話，狂三發出像是吃驚又像是嘲笑的聲音。

「唔……我……我有什麼辦法啊……話說，總覺得從剛才開始，妳的語氣就很冷漠耶。」

『才沒那回事呢。』

狂三鬧彆扭似的說了……士道說了什麼惹狂三不高興的話嗎？

「狂三，該不會是因為那個眼罩……」

『總之——』

狂三發出聲音制止士道說話。

『如果只像隻無頭蒼蠅一樣魯莽行動，又會重蹈覆轍。現在的我們和剛才的我們不同的地方就在於，我們知道接下來會發生什麼事。根據這一點來整理一下狀況吧。』

「好……好的……」

『首先，我們非做不可的事情是什麼？』

狂三以一副老師說話的語氣問道。士道沒有減緩下樓梯的速度，仔細思考。

「應該是——不讓折紙殺死她父母吧？」

『沒錯，就是這樣。那麼，為了達成這個目的，你能做什麼？』

「……想辦法阻止折紙……之類的？」

『那的確是最淺顯易懂的方法，但我認為不太實際。』

「唔……妳……妳說的對……」

士道愁眉苦臉地發出有如呻吟的聲音。

相信〈幻影〉就是殺親仇人的折紙一心只想著報仇。即使士道大喊，折紙也未必會發現他。再加上變成精靈之後，她的力量就只有強力無比一句話可形容。而事實上，折紙和〈幻影〉展開一連串眼花撩亂的空中戰時，士道光是追著她跑就已經竭盡心力。

當然，可能性並非為零。折紙還是有可能發現士道，願意聽他說話。

只是，狂三擊出的第一發【十二之彈】的效果應該就快要失效了，這恐怕是最後一次能重新來過的機會了吧。把一切賭在這種一廂情願的想法上，未免太危險了。

「那麼……讓折紙的父母逃到安全的場所——之類的呢？」

『原來如此，這應該比阻止折紙本人的成功機率要來得高。』

「對……對吧？那就——」

『不過，就算有陌生少年到家裡告訴他們這裡很危險，要快點逃走，他們會乖乖聽話嗎？』

「只……只要向他們解釋原因——」

『說你來自未來，他們即將被未來的女兒殺死，所以希望他們相信你的話，跟著你一起逃走——這樣嗎？』

「唔……」

這說詞太過可疑，令士道冒出汗水。

剛才五年前的狂三之所以會相信士道的說詞，是因為狂三自己的能力能造成時光倒流——最重要的一點，則在於士道腦海裡響起的狂三的聲音。況且，折紙的父母壓根不知道精靈的存在，要是向他們說明原因，恐怕解釋到一半就發生火災了吧。

『再說……假設所有事情順利進行，真的成功讓折紙的父母去避難好了，也不確定事情會就這樣圓滿結束。』

「咦……？妳……妳這話是什麼意思？」

『如果世界想要遵循原本的歷史——折紙的光線也有可能朝她父母避難的場所發射吧？』

「……！」

士道啞然無言。狂三說的沒錯。在士道經由五年前的狂三之手再次回到這個時代時，現在的世界就已經和士道他們知道的世界有著微妙的差異，還認為所有事情會按照兩人的記憶進行是很危險的想法。

……不過，士道感到十分納悶。他瞇起眼睛對狂三說：

「狂三，妳之前不是否定歷史的修正力嗎？」

『哎呀，我可不記得我有否定喲。我只是對是否已經證實抱持疑問罷了。』

「…………」

總覺得被呼嚨過去了，但現在不是爭論這件事的時候。士道甩了甩頭，重新打起精神。

「那麼，妳說該怎麼辦才好啊？」

『這個嘛……』

狂三陷入沉思般沉默了片刻後，繼續說道：

『──不要讓折紙發現自己就是殺害父母的犯人，你覺得怎麼樣呢？』

「啥……？妳……妳在說什麼啊！」

聽見狂三的提議，士道大聲吶喊。

『哎呀，我覺得意外地還滿合理的呀。折紙之所以會反轉，是因為對自己就是殺害父母的凶手感到絕望吧？』

「是……是沒錯啦，可是，折紙殺死自己父母的事實不就沒有改變了嗎！」

士道忍不住大喊出聲。

狂三說的方法或許真的可以避免折紙反轉，可是如此一來，她親手殺死父母的事實依然沒有改變。

況且，只要父母是被精靈殺死的這個事實還存在，折紙熾熱的復仇心仍舊會針對某人。像是引起火災的琴里，或是給予她精靈之力的〈幻影〉——

「啊……」

士道想到這裡，發出輕微的叫聲。

『？你怎麼了呢？腳步停下來了喲。』

腦海裡的狂三如此說道。士道這時才發現自己下意識地停在原地。

不過，士道在移動腳步之前，先將腦海裡浮現的話語隨著聲音吐出來。

「我說，狂三。」

『什麼事？』

「——簡單來說，就是只要折紙出現時，現場沒有『敵人』……就好了吧？」

◇

大約五分鐘後，士道躲在公園的草叢中，目不轉睛地凝視著鞦韆。

鞦韆上坐了一個頭髮綁成雙馬尾的少女，年齡頂多七八歲吧。可愛的臉龐露出憂鬱的神情，無聊似的盪著鞦韆，鞦韆因此發出嘰嘰的叫聲。

士道不可能看錯——那就是五年前的琴里。

「琴里……」

士道看見她那無精打采的表情，胸口感到一陣揪痛。他記得這一天應該是琴里的生日。士道為了給琴里一個驚喜，特地到鄰鎮買禮物……沒想到琴里竟然會露出如此寂寞的神情。

正當士道因為琴里憂傷的模樣而心痛時，他的腦海裡響起一陣嘻嘻的嗤笑聲。

『士道，你好像變態喲。』

「……妳很煩耶。」

被說中內心在意的點，士道發出低吟般的聲音回答。

不過事實上，要是被別人看見有高中男生躲在公園的草叢裡盯著小學女孩不放的情景，馬上就會引發問題吧。想必明天可疑人物情報的傳單將會散布到整個城鎮，提醒居民提高警覺。

然而，士道並不是想將年幼琴里一去不復返的剎那間的光輝烙印在視網膜。

他是——在等待。

等待〈幻影〉出現在琴里的身邊。

『話說回來——你還真是豁出去了呢，士道。』

狂三以興味盎然的口氣說道。士道頓時支支吾吾，然後回答：

「……我也沒辦法啊。而且，妳不也贊成嗎？」

『哎，是沒錯啦。如果能在折紙出現之前把〈幻影〉趕走，她就會失去原本攻擊的目標。』

「——如果可以……我想跟他談談。」

士道自言自語般脫口而出。

『談談？和〈幻影〉嗎？』

狂三有些訝異地問了。

『真是意外。我還以為你對〈幻影〉懷抱著敵意呢。』

「……當然有啊，畢竟是把琴里她們變成精靈的傢伙。我不否認確實對他抱有敵意……不過，重點在於我對〈幻影〉的事情一無所知。如果現階段就擅自斷定他是邪惡的一方，不就跟只把十香和四糸乃她們當成災害的人沒兩樣嗎？」

士道說完後，狂三呆愣地沉默了一陣子後……

『呵——呵呵！啊哈哈哈！』

忍不住笑了出來。

「怎……怎樣啦？」

『沒有……只是覺得真不愧是你呢。』

狂三再次發出笑聲後，繼續說道：

『不過，我不太建議你這麼做。他的個性難以捉摸，像你這種好好先生可是會被唬得一愣一愣的喲。』

「咦……？狂三，妳對〈幻影〉的事……」

士道話才說到一半就停頓下來。

理由很單純。因為視野前方——在公園裡一個人玩耍的琴里身邊出現了一名奇特的來訪者。

年齡、性別、體型都不明的「某種東西」。

不過，那也是理所當然的事。因為「那個東西」宛如要隱藏這些外觀上的資訊般，籠罩著類似雜訊的物體。

——〈幻影〉，將琴里、美九以及折紙變成精靈的存在。

而現在，他就出現在琴里的面前。

「…………！」

看見他的姿態，士道的皮膚感到一陣刺刺的感覺，因為士道的腦海裡浮現琴里變成精靈〈炎魔〉時那副痛苦的表情。

『士道，不能心急。』

「……嗯，我知道。」

受到狂三制止，士道吐出悠長的氣息以保持冷靜，並且環抱雙臂抑制顫抖的身體。他的指甲陷入上臂，微微滲出鮮血。

他不能阻止琴里成為精靈。剛才狂三已經向他說明過了。

——〈幻影〉和琴里交談了幾句話後，便拿出了一顆類似紅寶石的東西給琴里。

然後，琴里在觸碰那顆寶石的瞬間，身體釋放出淡淡的光芒。

「啊……啊……啊啊啊啊啊啊……！」

琴里發出痛苦的叫聲。

與此同時，她的四周捲起猛烈的熱浪，矗立起一道火焰漩渦。

「唔……！」

士道壓低姿勢後屏住呼吸，好不容易挨過侵襲而來的熱浪。

數秒後，士道戰戰兢兢地睜開眼睛，便看見琴里的身影。她的身上穿著宛如和服的靈裝。

沒錯——琴里變成了火焰精靈〈炎魔〉。

「琴里……抱歉。」

士道神情苦澀地呢喃後，露出銳利的視線。

「…………！」

然後下定決心，衝到站在琴里眼前的雜訊團——〈幻影〉的背後。

「——喂！」

士道扯開嗓子大聲叫喚。

【……嗯——？】

於是，〈幻影〉響起分不清是男是女的聲音。這時，站在視野裡模糊的馬賽克形狀的輪廓看似微微動了一下。看樣子，〈幻影〉似乎轉動脖子，將視線投向士道。

士道配合他的動作，吐出一口悠長的氣息後，狠狠瞪著〈幻影〉相當於臉的部分。

「嗨，我想見你很久了呢——〈幻影〉。」

接著以冷靜的聲音呼喚眼前雜訊的名字。

這句話沒有諷刺或其他的意味。

再次封印琴里能力的時候，士道回想起了五年前的記憶，從那以後，他的內心深處就一直期盼能和這個真面目不明的存在再次相會。

這個怪物能傍若無人地施展「將人類變成精靈」這種超越常理又荒謬至極的權力。

是將琴里、美九以及折紙化為精靈，向世界散布混亂和破壞的元凶。
士道甚至對這個改變他人生的「某種東西」感到因緣匪淺和類似宿命的關係。
然而，〈幻影〉回應士道的話語，令他感到意外。
【——咦？】
〈幻影〉發出細小的聲音，微微晃動了一下身體。
當然，〈幻影〉的身體依然被雜訊所籠罩。從士道的眼裡看來，只看見馬賽克形狀的扭曲空間在晃動而已。
不過——不知為何，士道強烈認為那個動作包含了動搖和慌張之類的情感。
當然，有人突然從背後呼喚他，他會做出這種反應絕對不奇怪。可是……並非如此。〈幻影〉的反應顯然充滿了另一種驚訝。
【……不會吧——你……為什麼，你……】
「……啥？」
看見〈幻影〉出乎意料的反應，士道露出了疑惑的神情。
「你……認識……我嗎……？」
【————】
〈幻影〉以沉默回答士道的問題。不過，他似乎不是漠視士道的疑問或是不給予多餘的情報

——而是怔怔地說不出話來。

這令士道更加搞不清楚狀況，皺起了眉頭。

記憶中那個灑脫的〈幻影〉和現在站在他眼前的「某種東西」的言行舉止，簡直是天差地遠，甚至令士道懷疑，擴展在他視野裡的雜訊內部站的是否為截然不同的存在。

【…………】

〈幻影〉動了動被雜訊籠罩的身體後，像是在地面滑行般逃走了。

『士道。』

「我知道！」

聽見狂三的聲音，士道反射性地追在〈幻影〉的身後邁步奔跑。

同時，士道瞥了一眼癱坐在公園的琴里。幼小的少女獲得來歷不明的力量後，像是在求救似的不停呼喊著「哥哥、哥哥」。

「……唔——」

看見這幅情景，士道的心臟感到一陣緊縮，卻還是下定決心向前奔跑。如果士道記得沒錯，五年前的士道應該馬上就會趕來。士道不能在這裡碰到他。

況且，更重要的是——他不能在這時讓〈幻影〉逃掉。士道緊盯著一不小心就會追丟的雜訊團，使勁地追趕。

雖然成功使〈幻影〉遠離了公園，但光是這樣還不夠。士道和狂三的目的在於不讓來到這個時代的折紙發現〈幻影〉的蹤跡。為了達到這個目的，必須把〈幻影〉趕到折紙絕對找不到的地方——也就是讓〈幻影〉消失到鄰界。

『——不過，他的反應真是出乎意料呢。』

追趕〈幻影〉的途中，狂三的聲音在腦海中響起。

『士道，你認識他嗎？』

「……至少在我認識的人當中，沒有人全身都是馬賽克……！」

『哦……是這樣嗎？』

士道狂奔在烈火燃燒的街頭大聲吶喊後，狂三便有些心不在焉地回答。

士道並沒有說謊。他遇見〈幻影〉就只有五年前的那一次……嗯，說得更正確一點的話，現在就是那個「五年前」。

不過，〈幻影〉顯然認識士道的樣子。

而士道以前曾經遇過看見他的臉後做出類似反應的人。

沒錯。那個人就是DEM Industry執行董事，艾薩克·威斯考特。

在士道為了拯救被擄走的十香而侵入ＤＥＭ日本分公司時，理應是初次見面的那個男人一看見士道便哈哈大笑。

離開時，他稱呼士道為——

——崇宮。

「……！」

不是因激烈運動而引起的收縮震動了一下士道的心臟。

崇宮。這個姓氏和自稱是士道親妹妹的崇宮真那姓氏相同。

而且——身為五河家養子的士道失去了當養子前的記憶。

「〈幻影〉，你到底知道我的……什麼事情啊……！」

〈幻影〉不斷在陷入火海的街頭竄逃，士道追著他大聲吶喊。

仔細想想，士道有好幾項不明白的事。

被五河家領養之前，他在做什麼？

為什麼威斯考特會認識他？

再說，士道所具備的能力——封印精靈靈力的力量究竟是什麼？

如今他已封印了七名精靈的力量並和她們一起生活，卻還是對這些事情一無所知。

「唔……」

士道一臉悔恨地咬牙切齒，用力踏向地面。

然後——就在那一瞬間，原本在前方移動的〈幻影〉突然停止了動作。士道也配合他的舉動，緊急停下衝勁十足的身體。

「……〈幻影〉！」

【…………】

士道呼喚這個名字後，〈幻影〉便緩緩地動了動他那被雜訊籠罩的身體。看樣子，似乎是回頭望向士道。

【……〈幻影〉啊……你們替我取了這個名字啊。】

然後像是再三回味這個名字般低聲呢喃後，輕聲嘆了一口氣。

【……對不起喔，我突然逃跑。因為我認為最好不要在她的面前。】

〈幻影〉接著說道。他口中的「她」恐怕是指琴里吧。

雖然仍不清楚〈幻影〉的意圖，但對士道來說，這麼做也比較恰當。因為要是繼續留在那裡，五年前的士道和——變成精靈的折紙不久後就會到達。

【…………】

〈幻影〉沉默無語地佇立在原地。看樣子，似乎是在打量士道。

【……嗯，原來如此，你果然……】

接著像是恍然大悟般做出微微點頭的動作。

於是配合這個動作，覆蓋在〈幻影〉身上的雜訊膜宛如霧一樣逐漸消散。

「什麼……」

士道瞪大了雙眼。

從那團雜訊中出現的是一名少女。

編起頭髮，表情像慈母一般溫柔。士道感覺自己的頭腦一陣暈眩。那張臉既熟悉又陌生——心中湧出一股奇妙的感覺。

「那副模樣是……」

「……我還無法讓你看見『我』的真面目，所以不好意思，暫時用虛假的面貌面對你——難得可以跟你說話，隔著一層屏障就太無趣了。」

士道提出疑問後，〈幻影〉便發出與剛才截然不同的少女清澈的聲音回答他。

虛假的面貌。也就是說，這名少女並不是〈幻影〉嘍？不過如果是這樣，為什麼〈幻影〉要這麼大費周章——

士道思考了一會。〈幻影〉像是看透了士道所有思緒般溫柔地微笑後，開啟櫻花色的脣瓣：

「……你究竟是從『什麼時候』來的？看你的模樣，應該是從五六年後來的吧？」

「什麼……！」

士道聽見〈幻影〉說的話，臉龐染上驚愕之色。這也無可厚非，因為士道萬萬沒想到〈幻影〉不僅認識他，還知道時光倒流的事。

『…………』

不過，與士道驚訝的反應恰好相反，狂三依然保持冷靜的態度，簡直像是早就預料到她會說中這件事。

〈幻影〉以平靜的語氣繼續說道：

「……所以……你找我有事嗎？甚至不惜使用時間倒流的子彈來到這個時代，應該不是純粹來觀光的吧？」

「…………」

士道瞥了一眼後方——剛才〈幻影〉待過的公園。公園上空尚未出現閃閃發光的精靈身影。

確認過這一點之後，士道輕啟雙脣：

「妳……認識我嗎？」

「……嗯，認識啊。非常熟悉。」

〈幻影〉如此回應士道的話。士道感覺自己的指尖因緊張而顫抖。

「告訴我。我到底……是什麼人？這股力量，究竟是怎麼回事？」

「…………」

聽見這個問題，〈幻影〉沉默了數秒。

然後搖了搖頭回答：

「……我很想回答你，但只要不確定未來的你是處於什麼樣的狀態，我就不能告訴你。再說，似乎還有人在偷聽我們的談話。」

「咦……？」

士道把眼睛瞪得老大，〈幻影〉像是看穿一切似的繼續說道：

「妳說是吧……時崎狂三。妳聽得到我說話吧？」

『……哎呀、哎呀。』

狂三在士道的腦海裡發出冷靜的聲音回應〈幻影〉。

「……你找我就只是要問這些問題嗎？那麼，你使用『時間』的方式還真是奢侈呢。」

「…………不是。」

士道垂下雙眼後，搖了搖頭。

「剛才只是我的疑問。我找妳另有其事。」

「……是什麼事呢？」

「我要妳馬上從這裡消失。」

想要問的事情堆積如山。士道終於找到知道他過去的人，他想知道。老實說，就算不擇手段，他也想要從這個「某種東西」身上問出自己的情報。

然而，現在非說不可的是這句話。最應該優先處理的是阻止折紙反轉這件事。

「……那是把『我要殺了妳』美化過的講法嗎？」

不過，〈幻影〉憂心忡忡地嘆了一口氣。

「哎……我也不是完全沒料想到啦。假如數年後的你被性情陰晴不定的時間精靈愛上，會有這種想法也是其中一種可能性——雖然我不太想去思考這種可能性就是了。」

「…………」

看來〈幻影〉以為士道是穿越時空來殺自己的。士道一語不發地握住拳頭。

說對〈幻影〉完全沒有敵意是騙人的。士道至今仍無法原諒她為年幼的琴里帶來痛苦一事。

不過，士道現在沒有想對〈幻影〉做出任何報復的想法。他深深呼吸了一口氣好讓心情平靜下來後，搖了搖頭。

「……我並不是在說要不要殺了妳，只是希望妳儘早隱藏行蹤。妳可以到鄰界去吧？」

「……哦？」

〈幻影〉興致勃勃地繼續說道：

「我可以問你要我這麼做的理由是什麼嗎？」

「那是因為……」

被〈幻影〉這麼一問，士道支支吾吾說不出話。

理由很單純，因為他完全不清楚眼前這名少女的意圖和目的。

折紙──五年後的未來被〈幻影〉變成精靈的少女將會來到這裡，企圖討伐〈幻影〉。要告知她這件事是輕而易舉，而要傳達士道等人希望防止折紙因此反轉的要求也十分簡單。

不過，要是〈幻影〉的目的和ＤＥＭ的艾薩克‧威斯考特一樣是讓精靈反轉，那麼告訴她這個情報勢必會完全造成反效果吧。

「…………」

究竟該如何回答才好？當士道苦惱著這個問題時，〈幻影〉感到不耐煩似的嘆了一口氣。

「……算了，既然你無法回答，那倒也無所謂。不過很抱歉，恕我拒絕。我還有一點事情要處理。」

「什麼……！」

聽見〈幻影〉的回答，士道大吃一驚。

「等一下！不久後這個時代──」

士道打算開口告知折紙的事情。不過──就在那一瞬間，士道的身體彷彿被一雙無形的手壓制住，動彈不得。

感覺類似被ＡＳＴ或ＤＥＭ的巫師(Wizard)所展開的隨意領域束縛住身體，就連動動指尖都很困難，也無法發出聲音。

『士道，你怎麼了？』

狂三疑惑地如此問道，但士道也無法回答她的問題。

於是，〈幻影〉緩緩走近士道。

然後舉起單手觸碰士道的臉頰。

——就在那一瞬間……

「…………！」

一股無以名狀的感覺通過士道的全身。

「啊——」

不知為何，士道剎那間便確定了。

他知道這種感覺。

——他認識這名化為少女姿態的「某種東西」。

「……今天必須感謝時間精靈做出的舉動呢。」

〈幻影〉依然用手觸碰著士道的臉頰，發出輕聲細語。

「時機來臨的話，我們再相見吧。到時候——」

她對著士道的耳邊接著說出：

「——『絕對不會再分開了，絕對不會再出錯了』。」

這句話。

「——————！」

士道不由自主地屏住呼吸。

不知在何時何地，士道確實曾經聽過這句話。

「…………」

妳到底是誰？士道想這麼問卻發不出聲音。

〈幻影〉放開士道的臉頰後，再次籠罩上雜訊，「咚」的一聲朝地面一踹，飛上天空。

數秒後，當〈幻影〉到達士道再怎麼跳都搆不到的位置時，束縛他的無形力量才終於減弱。

「唔……呼……咳……咳……」

士道倒向前方，雙腳跪地，不斷咳嗽。不過，現在不是做這種事的時候。士道立刻抬起頭，望向上方。

「那傢伙——到……底……」

然後，就在這個時候——

一道光線從東方的天空朝飄浮在空中的〈幻影〉射去。

「……！那是——！」

士道震動了一下肩膀，望向光線釋放出的源頭，然後僵住身體。

他眼前所見的是一名少女。身穿閃閃發光的純白靈裝，以及宛如具體呈現出殺意般面對仇敵的無數根「羽毛」。散布毀滅的光之精靈就在那裡。

答案不言而喻——那是鳶一折紙。

「折紙……！」

士道語帶哀號地呼喚折紙的名字。

不過，他的聲音當然不可能傳到折紙的耳裡。折紙只是筆直地凝視著〈幻影〉，然後從羽毛形狀的天使尖端釋放出好幾道如雨水般的光線。

〈幻影〉以令人難以置信的靈活動作閃避掉那些攻擊，同時像是滑行在空中般移動。不過，折紙並沒有放棄。她緊追著企圖逃跑的〈幻影〉，不斷朝天空劃出一條條光線。

擴展在士道眼前的發展是和數分鐘——士道拜託五年前的狂三再次施展時光倒流之前同樣的光景。

剛才狂三說過的話掠過士道的腦海。

——如果世界想要遵循原本的歷史——

「可惡……！」

士道甩了甩頭，像是要甩開一瞬間浮現於腦中打算死心的念頭後，追在兩人的身後，在地上奔馳。

「怎麼能——重蹈覆轍啊……！」

剛才目睹的情景掠過他的腦海。

傾注而下的光芒、人類四分五裂的殘骸。

以及，年幼少女那點綴著怨恨和復仇的眼眸。

折紙只是想要保護父母而已，只是想要顛覆已成定局的命運罷了。

那種純粹的感情不應該造成這種悲劇。

這種結局——

「我來……替妳改變！」

士道大聲吶喊後，使勁地在腳部施力。

他不可能從地上準確地緊追在以飛快速度展開空中戰的折紙和〈幻影〉身後。

不過——士道的目的並非準確地追蹤兩人。他毫不遲疑地在被火焰覆蓋的街道中前行。

而且不久後，他將會抵達目的地。

折紙的雙親在「之前的世界」死亡的地方。

沒錯。士道必須阻止的不是折紙與〈幻影〉交戰，而是折紙誤殺她父母的事情。

「……！找到了……！」

士道在火紅燃燒的街道上奔跑，同時睜大眼睛。

士道視線的前方，是五年前的折紙與——離她不遠的父母背影。

已經不能再說廢話了。既然無法阻止折紙與〈幻影〉接觸，除了讓折紙的父母逃到安全的地方，沒有其他任何能改變歷史的方法。

該說是不幸中的大幸嗎？如今街上陷入一片火海，處於緊急狀態。就算有男人催促人們趕緊去避難也絕對不奇怪吧。他們十分可能按照士道的指示逃跑。

不過——

「…………！什麼——」

士道瞪大了雙眼，僵住身體。

理由非常單純。因為不知不覺間，精靈折紙和〈幻影〉的身影就位於上空——折紙父母的正上方。看來在展開一連串混戰的期間，他們已經移動到這種地方來了。

「唔……！」

士道一臉痛苦地咬緊牙根，折紙同時釋放出好幾道光線堵住〈幻影〉的退路。

並且將羽毛形狀的天使合而為一，將它的砲門朝向下方——地面的方向。

和「剛才」一模一樣的情景。士道臉色發青。

「不行啊，折紙！」

即使高聲吶喊，聲音也傳不到折紙的耳裡。

已經沒有時間催促折紙的父母前往避難了。片刻之後，必定毀滅的一擊將從天傾注而下，兩人勢必無暇感到痛苦便蒙主寵召了吧。

「可惡……！」

士道在腿部施力，奮力朝地面一踏。

『士道！』

或許沒料想到士道會做出這種舉動，狂三大吃一驚的聲音在腦海裡響起。

不過，既然事態已經走到最糟糕的地步，士道也想不到其他的方法。

——合而為一的天使朝地面釋放出強力無比的一擊。

「嗚喔喔喔喔喔喔喔喔喔喔喔喔喔喔喔喔喔喔喔——！」

士道同時扯開喉嚨大聲吶喊，然後跳向折紙的父母——用力推了一下他們的背。

「什麼……！」

「呀——」

折紙的父母突然被撞飛，分別發出驚愕聲。

士道卯足全力推開了他們，搞不好他們的膝蓋都磨破皮了吧。

——不過，這點芝麻小事就別計較了。

就連士道也覺得自己選擇了最愚笨的方法。士道在視野因光芒照射而呈現一片白茫茫之中，有些自嘲地揚起嘴角。

「——！」

就在這個時候，某人的聲音震動了他的鼓膜。

士道本以為是狂三，然而並非如此。這明顯是從外界傳來的聲音。

於是，在光芒充滿整個視野的前一刻，士道才發現那是位於自己眼前的五年前的折紙所發出的聲音。

一瞬間，他和折紙四目相交。

她的雙眸尚未燃起復仇的火苗，也沒有積存怨恨的情緒。

「啊啊——真是太好了。」

士道輕聲低喃後，便被白茫茫的光線包圍，失去了意識。

第八章 〈惡魔〉

「嗯……」

士道發出輕微的呻吟聲，接著睜開眼睛。

看來士道似乎正趴在床上，左臉頰陷進枕頭，妨礙左眼張開。左手臂應是長時間壓在身體下面的關係，一點感覺都沒有。

「呼啊……」

士道睡眼惺忪地打了一個呵欠後，在床上翻過身改成仰躺的姿勢才慢慢坐起身子。

從自己的體重解放的同時，原本失去知覺的左手隨即陣陣發麻。士道皺起臉孔說了一句「痛死人啦……」之後，怔怔地環顧四周的情況。

沒什麼奇怪的地方，是自己平常睡的房間。看慣了的牆壁、地板、天花板以及家具。昨天他應該很累吧，難得把制服的西裝外套掛在椅子上。

就在這個時候——

「……奇怪？」

士道覺得哪裡不對勁，眨了眨眼。

他完全不記得自己昨天是怎麼爬上床的。話說，今天到底是幾月幾日星期幾啊？他記得在睡著之前——

「……！」

他在腦海裡將支離破碎的資訊一個個拼湊起來，終於回想起失去意識前擴展在眼前的光景。

熊熊燃燒的街道、傾注而下的光芒——士道猛然低頭望著自己的身體。

看起來……身體並沒有受傷或缺損。儘管承受了天使強力無比的一擊，士道的身體仍舊完好無缺。是多虧了琴里的治癒火焰嗎？抑或是——在光芒即將灼燒自己的瞬間，【十二之彈】失去效力，強制將士道的身體拉回原本的時代？

無論如何，他保住了性命是不爭的事實。士道鬆了一大口氣。

不過，他的腦中立刻浮現下一個疑問。他急忙下床，拉開房間的窗簾，把窗戶開到底。

「這裡是……」

士道輕聲呢喃，並且望向窗外的景色。擴展在眼前的，是熟悉的天宮市東天宮的住宅區。往右方望去，能看見精靈們居住的巨大公寓高高聳立著。

「——狂三！狂三！」

士道手抵著側頭部，發出聲音對自己的腦中說話。

然而不論經過多久，都沒有聽見狂三的聲音。

這也是理所當然的吧。狂三說過，【九之彈】是能將意識與位於不同時間軸的人連結的子彈。換句話說，無法對和發射子彈的狂三處於同樣時間的人發揮效用吧。

沒錯。士道回來了。

從五年前的天宮市回到原本的世界。

「不對……」

士道喃喃自語般脫口而出。說得更正確一點，事情並非如此。

映入士道眼簾的「是一如往常的熟悉景色」。

鱗次櫛比的房舍與街道全都保持原狀，簡單來說——並非被反轉的折紙破壞得體無完膚的天宮市光景。

「……！」

察覺到這一點的同時，士道沒把窗戶關上便離開房間，以像是要滾落樓梯般的氣勢下樓。然後直接衝向客廳，發出「砰」的巨大聲響打開了門。

或許是被那道聲響嚇到，坐在客廳沙發上看電視的嬌小少女——琴里將有如橡實般渾圓的雙眼瞪得更加圓滾滾，望向士道的方向。

「哦？哥哥，你怎麼了？一大早就這麼有精神啊。」

她是一名用白色緞帶將長髮綁成雙馬尾，看起來十分活潑的少女。似乎比士道還要早起床，已經換好制服。

聽見妹妹悠閒的聲音，士道卻大聲吶喊：

「琴里……！妳平安無事嗎！」

「……啥？」

士道氣喘吁吁地大喊後，琴里便擺出一副感到莫名其妙的模樣歪了歪頭。

「……哥哥，你睡昏頭了嗎？」

聽琴里這麼一說，士道猛然抖了一下肩膀。

不過，士道會做出這樣的舉動也是無可厚非。因為當時在「原本的世界」，他並無法確認〈佛納克西納斯〉被折紙擊落後，乘坐在戰艦上的琴里和船員們是否平安無事。

「……琴里，今天是幾月幾日？」

「咦？當然是十一月八日啊。」

琴里露出擔憂的眼神望著士道說。

不過對士道而言，琴里的反應是最棒的報告。倘若士道記得沒錯，那個日期——正是反轉的折紙破壞城鎮那天的——隔一天。

「——啊啊——」

士道露出泫然欲泣的表情走到琴里的身邊，直接用雙手一把緊緊抱住她。面對士道突如其來的舉動，琴里慌張得眼珠子直打轉。

「呀！」

「琴里……琴里……！真的……太好了——」

「呀！呀！」

琴里不斷揮舞著手腳。士道被琴里踹了一下腹部，當場蹲在地上。

不過，如今連這種痛楚都令人感到懷念，心中充滿了成就感與安心感。

「……哥哥，你怎麼了啊？有點怪怪的耶。」

琴里臉頰泛紅，抱著肩膀如此說道。從五年前開始，世界應該有所變化，想必從一直過著改變後的生活的她眼裡看來，只覺得士道的行為怪異無比吧。

「……我問妳，琴里。如果我說我昨天改變了世界，妳會相信嗎？」

「咦？」

琴里瞪大雙眼，然後皺起眉頭。

「哥哥，你在說什麼啊？又在妄想了嗎？」

接著用指尖搔了搔下巴，對他說了這句話。那副模樣與其說……不敢相信士道說的話，倒不如說是不明白他在說些什麼。

不過——這樣就好。士道的臉上浮現一抹苦笑，然後揮了揮手。

「嗯——抱歉，我好像有點睡昏頭了。我馬上去做早餐，等我一下。」

「喔……好……」

琴里依然一臉納悶地點點頭。士道微微聳了聳肩，走向盥洗室洗臉。

以後必須找個時間跟琴里報告改變世界的事情才行。畢竟如字面上所示，是改寫了世界的重大事件。考慮到以後的事，也必須通知〈拉塔托斯克〉才行。

不過，士道這個經歷怎麼聽都只像是荒誕無稽的夢話，該怎麼向他們解釋才好呢？士道搔了搔臉頰，同時發出低吟聲。

和琴里一起吃完早餐，整裝出門後，便看見一名熟識的少女站在家門前。

「喔喔，你來了啊，士道！早安！」

擁有一頭如夜色般漆黑的長髮以及一雙水晶眼瞳的美少女，精力充沛地朝士道揮了揮手——

她是夜刀神十香，士道的同班同學兼鄰居。

「喔，十香，妳早啊。抱歉啊，妳等很久了嗎？」

「沒有，我也才剛出門。真是剛好呢！」

十香笑容滿面地如此說道。看見她那副天真無邪的模樣，士道不由自主地笑了出來。

「唔？你怎麼了？」

「沒有……別管我了，這個給妳。」

士道說完，將手上的午餐袋遞給十香。早上士道做自己和琴里的便當時，也會順便幫十香做一份，這已經成了士道每天的習慣。由於今天起得較晚，士道本來想利用福利社解決午餐……但是為了多少更貼近一些好久沒過的「日常生活」，他又急忙跑去準備午餐。

「喔喔……！謝謝你，士道！我記得今天是吃那個吧，有放一口大小炸豬排的東西吧？」

不過，聽見十香接下來的發言，士道歪了歪頭表示疑惑。

「咦？」

「唔……？不是嗎？我記得昨天分開時，你是這麼說的啊……」

十香皺起眉頭，手抵著下巴，像是在回想事情。

士道這才發現雖然自己沒有印象曾說過那種話，但十香恐怕有從士道的口中聽到這句話。

這個世界是五年前士道救了折紙的父母，折紙沒有反轉之後的世界。

因此天宮市並沒有遭到破壞，士道等人的「昨天」過的是一如往常的日常生活。

不過，幾小時之前還待在五年前的士道對於這個世界「昨天」以前的記憶是一片空白。

從十香和琴里表現出的態度看來，原本的世界似乎並沒有產生太大的變化，但是應該還有其他像這種士道不知道的芝麻小事才對……儘快向大家確認比較好吧。

「啊……抱歉，十香。因為材料沒了，所以才改成別的菜色。」

「唔，原來是這樣啊。可是你沒必要道歉呀，因為士道做什麼菜都很好吃！話說，到底改成什麼菜了呢？」

「喔喔，我做了炒絞肉、炒蛋跟豌豆組成的三色飯。蛋是有甜味的那種。」

「竟……竟然……！這真是超級棒的菜色啊！」

十香臉頰泛起紅潮，神情興奮地說道。看來她似乎也很滿意更改過後的菜色。

正當十香抱著午餐袋手舞足蹈的時候，士道看見兩個人影從公寓的方向朝他走來。

「呵呵，真是個美好的早晨啊。特地出來迎接本宮，真是辛苦汝了，吾之僕人啊。」

「點頭。早安，士道、十香。」

她們是八舞耶俱矢和八舞夕弦，長相一樣一樣的雙胞胎少女。兩人乍看之下相像得難以分辨，但仔細一瞧便能發現兩人的髮型、五官微妙的差異，以及只讓人認為是上天在惡作劇，悲劇般的體型差別。

「……嗯？士道，汝剛才是否在思考十分失禮的事情呀？」

有一臉好勝的表情、身材纖瘦的少女——耶俱矢抱著肩膀、瞇起眼睛。於是，士道急忙搖了搖頭。

「怎……怎麼會呢，我什麼事都沒有想。」
「此話當真……？汝若是膽敢對本宮說謊，可是會犯下滔天大罪喲。」
「忠告。妳想太多了，耶俱矢。」
這次換把頭髮編成三股辮的性感少女——夕弦將手搭在耶俱矢的肩膀上如此說道。
「可是，雖然只有一瞬間，本宮看見士道的視線在吾和夕弦的胸部一帶來回移動吶。」
「說明。只要是男人，那是理所當然的條件反射。」
「……喂。」
根本是幫倒忙。士道臉頰流下汗水，並且瞇起眼睛。
「原來如此啊。是對吾等的魅力起了身體反應啊。呵呵，那本宮就饒過汝吧。要抗拒八舞的魅力，這世上可沒如此殘酷的事。」
「首肯。沒錯。就算耶俱矢平常會妄想跟士道做一些邪惡的事情，但並不是每個人都有那種念頭。」
「本……本宮才沒有妄想呢！」
耶俱矢滿臉通紅地大叫出聲。「微笑。噗呵呵。」於是，夕弦像是覺得耶俱矢的反應很有趣似的手捂著嘴說：
「懷疑。真的嗎？那麼耶俱矢昨晚寫的日記——」

「喂……！呀！呀啊啊啊啊！」

耶俱矢突然大吵大鬧，不停拍打夕弦的肩膀。

「逃走。呀～～」

夕弦發出不太有緊張感的聲音如此說完便逃離現場。然後，耶俱矢立刻緊追在她身後，兩人開始在士道的周圍繞圈圈。

「……哈哈。」

看見兩人的模樣，士道不禁輕聲笑了出來。

或許是看見士道的反應，耶俱矢和夕弦露出納悶的表情。

「怎……怎麼回事啊，士道。汝一副看破紅塵的樣子吶……」

「首肯。感覺一夜變老了許多。」

兩人中間隔著士道，皺起眉頭這麼說。士道敷衍地搖搖頭。

「不，沒什麼。別管我了，妳們再鬧下去可是會遲到喔。」

士道說完，耶俱矢和夕弦兩人互相對視，同時嘆了一口氣並聳了聳肩。

「哼……害本宮都沒勁了。吾就看在士道的面子上，特別放汝一馬吧。但是下不為例喲。想要揭發吾之黑暗的人，最好做好心理準備會被死神的手觸碰。」

「嘲笑。吾之黑暗（笑）。黑暗是指耶俱矢藏在床底下的那本日記嗎？」

「汝……汝為什麼會知道啊啊啊啊啊啊啊啊啊！」

「快逃。夕弦先走了。」

夕弦如此說完便朝士道和十香揮揮手，往學校的方向跑去。

「給我等一下！咦！我說真的，為什麼妳會知道啊啊啊啊！」

耶俱矢發出哀號，同時追在夕弦的身後。雖然靈力被封印，但該說不愧是風之精靈嗎？兩人的身影立刻消失在眼前。

「……我們也走吧。」

「唔？嗯，說的也是。」

士道聳著肩說完，十香便眨了眨眼，點頭表示贊同。

兩人就這麼肩並肩在平常上學的路上前行——然後抵達高中。

士道穿過校門後脫下鞋子，換上室內鞋，經過走廊、爬上樓梯，來到二年四班的教室前。

「…………」

不過，在士道正想伸手打開教室的門時，突然停止了動作。

理由很單純。因為他不知道該怎麼跟理應坐在他左邊的少女——折紙開口說話才好。

五年前的改變影響最大的無疑是折紙，不只會像十香那樣在小事情上產生記憶不吻合，可能還會導致更大的變化發生。

「士道，你不進去嗎？」

「喔……喔喔……抱歉、抱歉。」

被十香這麼一說，士道在置於門上的手上施力。

然後抱持著不安和激昂交織的奇妙感覺推開了門。

不過——

「……什麼嘛。」

士道推開門，放眼望向教室內部，苦笑著嘆了一口氣。

士道座位的左邊還沒有人入座。看來，折紙似乎還沒來上學。

士道覺得事先做好心理準備的自己有點丟臉。他抓了抓頭，坐到自己的座位上，從書包裡拿出第一節課要用的課本和筆記本。

然而，等了一陣子後，折紙依然沒來上學。

「唔……」

此時，十香突然苦著一張臉。

「嗯？十香，妳怎麼了？」

「唔……總覺得缺少了些什麼……有種奇怪的感覺。」

「……缺少了什麼嗎？」

聽見十香說的話，士道歪了歪頭。不過在士道反問十香之前，四周便響起了上課鈴聲。
接著教室的門馬上開啟，一位戴著眼鏡、個頭嬌小的女性抱著點名簿走了進來。她是士道班上的級任導師，通稱小珠的岡峰珠惠老師。
看見她的模樣，士道不由得莞爾一笑。
因為小珠的樣貌跟士道回到五年前時遇到的她，可說是絲毫沒有改變。
「五河同學？我的臉上沾到什麼東西嗎？」
「……！啊，不，沒有。」
小珠一臉疑惑地詢問士道，士道慌慌張張地回答她。小珠「咳咳！」地清了清喉嚨後，開始點名。
因為士道姓五河（Itsuka），所以比較快被點到名。士道立刻回應老師的點名後，望向依然空著的左方座位。
「折紙……」
結果，班會開始之後，折紙仍然沒有出現。她今天不來上學嗎？還是只是難得遲到呢？
在士道思考著這種事情的期間，小珠依舊接二連三地呼喊學生的姓名。
「好，殿町同學到了……接下來是……中原同學？」
「——咦？」

聽見小珠呼喚的姓名，士道不禁發出錯愕的聲音。

不過，這也難怪。因為如果不分男女，按照姓氏發音順序點名，「殿町（Tonomachi）宏人」的下一位同學應該是「鳶一（Tobiichi）折紙」才對啊。就算缺席，也會被叫到名字吧。

士道發出的聲音似乎比他想像中的還要大。小珠露出吃驚的表情望向士道。

「咦，老師有叫錯嗎？」

「那……那個……」

士道發出「喀噠」一聲當場站了起來。

然而，士道卻猶豫著是否要將內心的疑問說出口。

因為他的腦海裡瞬間掠過一件事──在原本的世界，折紙「轉學」時的事。

但是，保持沉默也無法得知任何事情。於是，士道下定決心開口問道：

「老師，折紙她……怎麼了嗎？」

心臟怦通怦通跳動。

在原本的世界，折紙之所以會「轉學」，是被DEM Industry挖角時所找的藉口。這個世界的折紙已經不再憎恨精靈，照理說並不適用這個情形。士道明明清楚得很，腦中卻還是縈繞著小珠可能會說出他最不想聽見的話語──「鳶一同學不是已經轉學了嗎？」……這句話。

不過──小珠的回答與士道預想的截然不同。

「——折紙……同學？『那到底是誰啊』？」

小珠露出呆愣的表情說道。

「什麼——」

士道怔怔地瞪大雙眼，環顧四周。

因為士道突然站起來說出這種話，所以全班的視線都集中在他身上，不過……所有人都對士道所說的名字表現出一副疑惑的反應。

「……折紙？那是什麼，人的名字嗎？」

「五河同學送老師千紙鶴當禮物嗎？」

「不是吧，老師又沒有住院。而且，通常一個人折不完千紙鶴吧。」

「不過如果是五河，可能做得到喔。」

「啊……」

同學們開始你一言我一語。

士道一一看向同學們，同時感到呼吸漸漸變急促。

大家看起來不像是在開玩笑。

沒有人認識鳶一折紙這名少女。

「……啊啊——原來是……這樣啊——」

士道深深呼吸了一口氣，並且配合這個舉動放鬆全身的力氣，雙手無力垂下。

——仔細想想，這並非難以想像的事。發生這種事的可能性非常大。不過，也許在士道的內心深處不想去面對這種可能性。

既然年幼的折紙和父母一起從火災死裡逃生，一家人會尋找新家搬過去住是很正常的事吧。她可能還住在南甲鎮，也可能和五河家一樣搬到其他地方去住。如此一來，便不能保證她會像原本的世界一樣，和士道就讀同一所來禪高中。

五年前，士道的確改變了歷史，成功阻止曾經發生過的慘劇再次發生。

但那並不代表全部的歷史都按照士道所想的一一改變。

所有存在於世界的事情都有一條無形的線互相連結。

以士道完成的事為起點，世界必然會產生目的以外的現象。

「……老師，對不起。是我搞錯了，請繼續點名。」

士道冷靜地說完便癱坐在椅子上。

看見士道的模樣，小珠對他投以擔憂的視線一會，才又開始繼續點名。

「…………」

士道怔怔地聽著小珠點名的聲音，一語不發地凝視左方的空位。

——應該沒有任何問題才對。

五年前，折紙理應死亡的父母得救，折紙也不再怨恨精靈。

折紙一定在這個世界的某個角落幸福地過日子吧。這個結局再美好不過了，如果再奢求可能會遭天譴。

對折紙來說，原本的世界才是不正常的。她這個女孩必須在更溫柔的世界生活，必須是受到更多父母的疼愛長大成人的少女。

沒錯。這樣就足夠了。

世界——就應該是這個樣子。

「……士道？」

這時，士道右邊的座位突然傳來十香的聲音，音調裡含有疑惑卻又帶著擔心士道的感情。

「嗯……什麼事，十香？」

「你……怎麼了？有哪裡不舒服嗎……？」

「咦……？」

聽見十香這麼說，士道這才發現——

——淚水正沿著自己的臉頰一滴一滴地落到書桌上。

「啊……」

士道急忙用制服的袖子擦拭眼淚，然後回答十香：「我沒事。」

十香雖然將眉毛皺成八字型，但或許是認為既然士道都說自己沒事了，再追問下去也不太好，即使坐立不安也沒有再說任何一句話。

「為什麼……」

——會流淚呢？

士道自言自語地呢喃。

是因為知道折紙應該過著幸福快樂的生活而感到開心嗎？還是因為——無法見到折紙而感到寂寞呢？士道自己也搞不太清楚。

但是，士道有一個心願。

沒錯……只有一個心願。

士道如此心想。

過去被復仇心所束縛，無法過平凡少女生活的折紙。

宛如日常生活般身處戰場上，捨棄淚水和笑容的折紙。

一眼就好，士道想看看她歡笑的模樣——

地方。

◇

「…………」

傍晚時分，用黑色緞帶綁起頭髮的琴里反方向坐在自家客廳的沙發上，目不轉睛地盯著某個地方。

視線的前方是她在廚房準備晚餐的哥哥——士道的背影。天藍色的圍裙十分適合他。

話雖如此，這幅情景本身並不稀奇。不過，琴里從今天早上開始就強烈覺得士道不對勁。

一大清早就來勢洶洶地衝下樓，又是確認日期又是緊緊抱住琴里，才覺得他的一言一行像是還沒睡醒一樣，這次又一百八十度大轉變，帶著沉重的表情從學校回來。究竟發生了什麼事，他的情緒才會像這樣急轉直下？

「……哼！」

琴里從鼻間哼出一聲後，轉了轉含在嘴巴裡的加倍佳糖果棒，並且改回原本的姿勢。

總覺得心裡頭很不暢快。

——在琴里背後發生了令士道的心如此動搖的事情，讓她心裡不是滋味。

琴里板著一張臉換邊蹺腳後，先前同樣望著士道的四糸乃憂心忡忡地發出聲音：

「士道……到底怎麼了呢？」

她是一名擁有一頭蓬鬆頭髮以及宛如藍寶石的雙眸，身高和琴里差不多的少女。現在她的身上穿著一襲淡色的連身洋裝。

「就是說啊，看起來無精打采的呢～」

配合四糸乃說的話，戴在她左手上的兔子手偶「四糸奈」嘴巴一張一闔地動作。

於是，坐在四糸乃身旁的另一名少女——七罪露出百無聊賴的表情（據本人所說，她似乎並不覺得無聊），將手抵在下巴回應：

「……看他那副心事重重的模樣——是為女人煩心吧。」

「什麼——！」

「咦……？」

聽見七罪說的話，琴里和四糸乃瞪大了雙眼。

「等……等一下，妳這話是什麼意思啊？」

「女人……嗎？」

然而，當琴里和四糸乃反問後，七罪卻突然像是喪失信心似的別開臉。

「……啊，沒有啦，也可能是我搞錯了，妳們別太在意……」

「態度別在這時候軟弱下來啦，說說看妳的意見嘛。」

琴里伸出雙手抓住七罪的頭，將她轉過來面對自己。於是，七罪雖然一臉不安地游移著雙眼，還是點了點頭。

「……說到男高中生會煩惱的事，通常原因都來自女人吧？」

「妳的意思是說，士道被女生甩了嗎……？」

「我不敢那麼斷定……但是，那種年紀的男生基本上都以女生會怎麼看待自己來行動吧……像是有關自己的奇怪流言在女生之間傳開，或是隔壁的女生對自己很冷淡之類的，都很容易感到心情低落。」

「是……是這樣嗎……」

四糸乃露出溫順的神情說完，七罪便深深地點點頭繼續發表言論：

「就是這樣。其他還有像是對別人說：『我們一組吧！』結果對方真心感到厭惡地回答：『咦咦……』或是幫別人撿起掉在地上的橡皮擦，結果對方回答：『啊……那個我不要了，給妳……』之類的……」

「七……七罪……？」

「社團活動正在積極招攬新社員時，拿入社申請表過去，對方卻說：『啊！可是我們社團晨練真的很辛苦喔，妳受得了嗎？真的不用那麼勉強進我們社團啦。』還有體育課玩躲避球，我要扔球的時候，對方超害怕地發出『呀啊啊啊啊啊！』的尖叫聲逃跑，啊啊，真是混蛋透頂！」

「妳……妳冷靜一點！」

總覺得後半段已經像是七罪在發洩她的怨恨了……該怎麼說呢，這精靈對學校生活還真是了解呢。

「……總……總之，我想他一定在學校發生了什麼事……」

七罪呼吸有些急促地說道。這一點琴里也抱持著相同的意見。她斜眼看著士道有些寂寞的背影，輕輕地點了點頭。

「反正如果是遇到那種小事，不管他也沒關係啦……」

「可是，看見士道垂頭喪氣的樣子……好令人難過喔。沒辦法為他做些什麼嗎……？」

聽見四糸乃這麼說，琴里搔了搔臉頰。

「我當然也想安慰他啊，但要讓他打起精神……」

琴里嘆了一口氣後，七罪愁眉苦臉地說：

「……如果讓男高中生悲傷的是女人，要治癒那份哀傷也要靠女人吧。」

聽見七罪說的話，琴里猛然抖了一下肩膀。

「妳說女人……咦咦，是指……那方面嗎？」

「…………！」

「呀！七罪好色！」

四糸乃和「四糸奈」可能也察覺到話中的含意了，只見四糸乃羞紅了臉，而「四糸奈」則是以雙手捂住臉頰。

琴里皺起眉頭，用手指咚咚敲著太陽穴並豎起糖果棒。

「等一下啦。為什麼我要為了士道做出那種事——」

「我……我……來做，如果士道能因此打起精神……」

「四糸乃！」

聽見四糸乃出乎意料的發言，琴里發出高八度的驚愕聲。

「嗯……我知道了，那就交給我吧。如果是四糸乃，士道也立刻就能生龍活虎起來了吧。那我們就快點……」

「等……等一下！」

琴里迅速張開雙手打斷七罪的話。

「……幹……幹嘛？」

可能是被突如其來的聲音嚇到，只見七罪縮了一下身體。

「我又沒說我不做……！」

「是……是嗎……那琴里也加入。」

「……哼，真拿妳們沒辦法。所以，妳打算怎麼做？」

琴里交抱雙臂如此詢問後，七罪便豎起一根手指提出意見：

「……因為剛才的想像，我現在好像有辦法使用一點靈力。」

「咦？」

琴里發出驚愕聲，一雙眼睛瞪得圓滾滾的。不過，她馬上就發現七罪的意圖是什麼了。

沒錯。七罪是精靈當中心靈最脆弱的一個，即使是這種芝麻小事也能輕易擾亂她的精神狀態，造成靈力逆流。

另外——七罪的能力是能變成對象形體的變身能力。

「等……等一下。妳該不會又想把我們變成小孩子，弄一個『只屬於我的動物園』吧。那可不行喔，士道一旦進入奶爸模式，反而會給他增加負擔吧。」

琴里叮嚀七罪。沒錯，琴里和四糸乃等人以前曾經被七罪的力量變成小孩，還穿上附有動物耳朵的緊身衣。

不過，七罪卻搖搖頭。

「這次……是反過來。」

「咦？」

「反過來……嗎？」

琴里和四糸乃露出疑惑的表情互相對視。

「……好險。」

正在準備晚餐的士道突然抖了一下肩膀。

因為一邊想事情一邊切高麗菜，差點不小心切到手指。

「啊……這樣不行，得小心才行。」

士道唉聲嘆了一口氣後，輕輕甩了甩頭。他似乎比想像中還在意折紙的事。

不過，他總不能一直保持這樣的態度。要是再魂不守舍地切菜，琴里她們可就會吃到充滿士道鮮血的蔬菜了。

「好……」

士道深呼吸打起精神後，重新握住菜刀。

然後，就在這個時候——

「——士……士道，我來幫忙。」

琴里微微顫抖的聲音從背後傳來。

「嗯？喔，謝謝。那妳幫我把那邊的——」

士道一邊說著一邊回過頭——然後就這麼僵住。他的手因動搖而發抖，手中的菜刀掉落，刺進地板。

不過，那也是無可奈何的事。站在他眼前的雖然是琴里和四糸乃兩人——但兩人並非士道所熟悉的年幼模樣，而是成長為和士道差不多歲數的樣子。

原本幼小的兩人身高拉長，散發出少女即將發育成熟的獨特美麗。順帶一提，相較於胸部理所當然變豐滿的四糸乃，琴里倒是沒什麼太大的變化。

不過，令士道感到吃驚的不只這一點，還有兩人的裝扮。

不知為何兩人都穿著泳衣，泳衣外面加了綴有荷葉邊的圍裙，頭上還戴著女僕頭飾，是不合時節、一年四季都是夏天打扮的女僕模樣。而且，兩人似乎也知道穿成這樣很害羞，心神不定地臉頰泛紅，縮起肩膀。

「妳……妳們兩個怎麼穿成這樣啊？話說，妳們的身體——」

士道語氣焦急地說完，兩人便看了對方一眼，以笨拙的動作挨近士道的左右手臂。

「那……那種事無所謂吧。」

「就是……說呀。別管這個了，讓我們……幫忙吧。」

「幫……幫忙……」

聽見琴里和四糸乃說的話，士道冒出冷汗。由於兩人挽住士道的手臂，隨便亂動的話，手臂很可能會碰到她們的胸部，尤其很容易碰到四糸乃的。琴里似乎還有一點安全空間。

「……士道？你該不會在想什麼超級失禮的事吧？」

「……！」

琴里像是察覺到什麼事情一般，狠狠瞪向士道。於是士道慌張地用力搖頭。對了，今天早上耶俱矢也說過類似的話。士道瞬間差點脫口說出「莫非胸部小的人直覺比較敏銳」這種話，但要是真的說出口，恐怕會被大卸八塊端上桌當成今天的晚餐，所以他忍住沒說。

宛如作夢般的異常事態。但是……是誰造成這種現象，士道心裡有數。

那是理所當然的。因為就士道身體的感受來說，他昨天才靠這股力量的幫忙度過難關。

「七罪！是妳幹的好事吧！」

士道大聲吶喊後，便看見一名躲在沙發後面偷看的少女頭頂抖了一下。

陷入片刻沉默後，或許是死心了，七罪緩緩露出臉。那名少女果然就是擁有變身能力的精靈七罪。

七罪也跟琴里和四糸乃一樣，成長為大約是高中生的年齡。不過……她穿著的是普通的女僕裝，並非像另外兩人那樣做令人看了會血脈賁張的裝扮。

「——給我等一下！」

看見七罪的裝扮，琴里大叫出聲。

「七罪！為什麼只有妳沒穿泳裝啊！因為妳說所有人都要穿這樣，我才答應的耶！」

聽見琴里說的話，七罪一臉尷尬地移開視線。

「……沒有啦，因為那個啊……仔細想想，那種羞死人的裝扮，我怎麼穿得出去啊，總覺得好蠢喔……」

「妳讓我們打扮成愚蠢的模樣嗎！」

「琴……琴里……妳冷靜一點……」

即使四糸乃試圖安撫琴里，琴里似乎也無法消氣。明明沒有袖子，還做出捲起袖子的動作撲向七罪。

「妳這混帳，我要讓妳穿得跟我們一樣！」

「嗚……嗚哇啊！」

七罪發出高八度的慘叫聲，從沙發後面落荒而逃。不過，琴里也不放棄，兩人開始繞著客廳追逐。

「給我站住！我要剝掉妳的衣服……！」

「不要啊啊啊！我～要～被～侵～犯～了！」

「誰要侵犯妳啊！」

琴里大吼回應淚眼汪汪如此說道的七罪。由於兩人到處奔跑，四周揚起一堆灰塵。

「喂……喂，妳們兩個冷靜一點啦！」

「吵架……不好……」

士道為了阻止兩人，用圍裙下襬擦拭雙手後走到客廳。不知所措的四糸乃則跟在他的身後。

不過，這是一個錯誤的決定。因為兩人在充滿許多礙障物的客廳追逐，七罪一不小心被凸起的地毯絆到，倒向士道和四糸乃的方向。當然，追在七罪後頭的琴里也剎車不及，一頭栽進七罪背後。

「哇！哇哇！」

「什麼——！」

「呀……！」

「喂——」

四人的聲音一個接一個響起，下一瞬間，甚至把桌子和沙發都撞得一塌糊塗。大量的灰塵散落，與琴里和七罪兩人妳追我跑時產生的灰塵數量根本無可比擬。

「痛死了……妳們三個沒事——吧！」

士道呻吟似的說著，正想起身時——卻發出高八度的驚愕聲。

因為他在跌倒的時候，臉剛好塞進七罪的裙子裡。七罪隔著一塊薄布的屁股充滿整個視野，令士道不禁屏住了呼吸。

「呀————！」

「嗚……嗚哇啊啊啊！」

七罪和士道同時大叫出聲，七罪利用反作用力當場站起身。士道的臉瞬間被壓得不成形。

「喂，你在幹什麼啊，士道！」

「你……你沒事吧，士道……」

「嗯，我沒——」

士道本來想回應琴里和四糸乃，卻又再次止住了話語。可能是跌倒時不小心勾到了哪裡，琴里的泳褲滑落——而四糸乃則是比基尼泳衣鬆開，豐滿的上圍從圍裙旁邊露了出來（但被四糸奈不偏不倚地遮住）。

兩人慢了一拍似乎也察覺到這件事，瞄了一眼自己的身體後滿臉通紅。

「「呀啊啊啊啊啊啊啊啊啊啊！」」

兩人同時發出尖叫，蹲下身子遮住胸部和臀部。

結果這時原本當場站起來的七罪身體被往下壓，屁股再次落到士道臉上。

「嗚呀啊啊！」

「…………！」

三人的慘叫與一人不成聲的吶喊響徹了整個五河家的客廳。

「唉……真是有夠慘的……」

數分鐘後，士道用濕毛巾冰敷鼻頭，並且嘆了一大口氣。

琴里、四糸乃和七罪三人已經恢復原本的姿態。三人看著士道，一臉歉疚地垂下肩膀。

「哼……不好意思啦。」

「對不起……士道。」

「…………抱歉。」

然後從右至左依序道歉。士道再次嘆了一口氣後，微微露出苦笑。

「算了啦，別在意。我也是，抱歉讓妳們操心了。妳們是想讓我打起精神吧？」

士道說完，三人依然露出內疚的表情點點頭。

看見三人的模樣，士道抓了抓頭。看來自己似乎沮喪到連她們都能輕易察覺。平常總是聽人耳提面命盡量避免擾亂精靈的精神狀態，這下子根本完全背道而馳。士道將毛巾放到桌上後，拍了拍臉頰好讓自己打起精神。

「——謝謝妳們三個。我已經振作起來，不打緊了。」

只見三人聽到士道這麼說，稍微露出了笑容。

這時，琴里像是驚覺什麼事似的瞪大雙眼，逞強地交抱雙臂。

「哼……哼……那就好。我沒打算探聽你發生了什麼事，不過要是你一直垂頭喪氣的，會讓精靈們感到不安吧。」

「嗯，抱歉啦。」

士道覺得逞強的琴里非常可愛，苦笑著聳了聳肩。

不過，琴里似乎不喜歡被士道看輕。她將嘴脣抿成ㄟ字形，繼續說道：

「你要是一直沮喪下去，我可就傷腦筋了呢，因為不知道什麼時候又會出現精靈。未知的精靈自然不用說，還有狂三，更不用說那個〈惡魔(Devil)〉——」

「咦？」

聽見琴里說出的識別名，士道不禁皺起眉頭。

「等……等一下，琴里，〈惡魔〉……？那個精靈是怎麼回事？」

士道再次望向琴里，如此反問。

〈惡魔〉，至少士道沒有聽過這個名號。

然而，琴里卻一臉狐疑地皺起眉頭。

「你在說什麼啊，士道？是那個狩獵精靈的〈惡魔〉耶！是與〈夢魘(Nightmare)〉時崎狂三同樣被列為一級警戒的對象，不是嗎？你可別說你忘了喔。」

「與狂三……一樣？」

士道的額頭滲出汗水。

這個世界演變成的事實與士道所知的世界有著微妙的差異——今天士道深切地體會到了這一點。既然如此，已經出現士道不知道的精靈也不無可能。

不過——士道一時之間還無法相信，竟然已經出現與那個最邪惡精靈狂三同樣列為必須警戒的精靈。

看見士道的反應，琴里更加納悶地環抱雙臂。

「你……是說真的嗎？你今天到底是怎麼了啊？簡直像是喪失了昨天以前的記憶一樣。」

「……啊啊，抱歉。」

聽見琴里雖不中亦不遠矣的話語，士道微微低頭道歉。於是，琴里唉聲嘆了一大口氣後，豎起嘴裡含著的加倍佳糖果棒。

「……所以，你真的不記得了嗎？」

「對……可以為我說明一下嗎？關於那個——叫作〈惡魔〉的精靈。」

士道說完，琴里再次嘆了一口氣，接著點頭答應。

「〈惡魔〉。雖然確認她已經現身，但我們從來沒有成功與她接觸過，是個真面目不明的精靈。而且——」

琴里停頓了一拍才繼續說：

「——恐怕是反轉體。」

「什麼……！」

士道不禁瞪大了雙眼。

「反轉體……？這是怎麼回事？妳的意思是，反轉的精靈正常地出現在這個世界嗎？」

「就說詳細情形還不知道了嘛。」

琴里一臉不耐煩地說了。這肯定是這個世界的士道早就必須得知的情報吧。

為什麼反轉的精靈會出現——疑問還沒問完，有一大堆士道還不知道的事情。士道重新振作起精神，繼續發問：

「……妳剛才說的『狩獵精靈』是怎麼回事？」

「就是字面上的意思——〈惡魔〉不會單獨出現，絕對會在其他精靈現身的時候出現……然後主動攻擊那名精靈。就拿七罪來說好了，當初如果不是十香等人幫助她，她就危險了。」

琴里說完瞥了七罪一眼。可能是想起當時的事，七罪微微抖了一下肩膀。

「等……等一下。攻擊精靈？那是……」

「沒錯。簡直跟AST和DEM沒兩樣。我們一開始也懷疑是否與那些組織有關，認為他們可能拉攏精靈，讓她去狩獵其他精靈……不過就我的觀察，〈惡魔〉似乎與AST、DEM之間沒有合作關係。而事實上，AST和DEM也都對〈惡魔〉發出攻擊。」

「那麼……為什麼〈惡魔〉會攻擊精靈……？」

「誰曉得啊。應該有什麼理由吧，但不問本人也猜不出個所以然。因為她馬上就消失到某個地方去了，所以〈拉塔托斯克〉也完全沒跟她接觸過。」

琴里誇張地聳了聳肩。士道臉頰流下汗水，並將手抵在下巴。

狩獵精靈的精靈〈惡魔〉。自從聽見這個名字後，士道的內心就產生一種奇特的異樣感。

「我問妳……有那個〈惡魔〉的影像或是圖片可以看嗎……？」

「有是有啦……但我想看了也沒什麼意義喔。」

「咦？為什麼？」

士道這麼問了，琴里便發出「唔——」的低吟聲，然後抓著頭，將嘴裡含著的糖果棒上上下下擺動。

「反正……百聞不如一見吧。等我一下。」

琴里說完離開客廳，然後立刻從自己的房間拿出B5大小的終端機。

「你看，就是她。」

接著將終端機放到桌上播放影片。

那是城鎮被破壞得體無完膚的影片。四周傳來爆炸聲，煙霧瀰漫，顯示目前正在進行戰鬥。

——「那個」……

就在這畫面當中。

那是個彷彿纏繞著黑暗的人型輪廓。原來如此，難怪琴里會說「看了也沒什麼意義」。即使好不容易判斷出是人的形狀，但她的臉被黑暗覆蓋，無法看清。不過，飄浮在那人型四周的無數有如羽毛的部分對稱呼那個輪廓為〈惡魔〉這點有十足的說服力。

看見這個畫面……

「……啊——」

士道發出細小的叫聲。

並非因為他目睹那名精靈異樣的風貌。

——而是因為他對那名精靈有印象。

他確實看不清那名精靈的臉蛋和表情。

但他就是知道自己曾經看過那名精靈的身影。

「不會……吧……」

士道發出「喀噠喀噠」牙齒碰撞的聲音，全身不停微微顫抖。

因為，那是——

「……折……紙……」

沒錯。那正是變成精靈的折紙反轉的身影。

◇

隔天，士道和昨天一樣與十香一起上學，一坐到自己的位子上便「呼啊～」地打了一個大呵欠。

坐在他右邊座位的十香一臉狐疑地將眼睛瞪得圓滾滾的。

「唔，士道，你很睏嗎？」

「是啊……昨天睡不太著。」

「唔，那可不行呢。你還好嗎？」

「哈哈，總之……放學後，讓我在晚餐前小睡一下吧。」

士道露出一抹苦笑，旋即隨意擦了擦泛出眼眶的淚水，輕輕嘆了一口氣後，怔怔地凝視左方的座位——在原本的世界中，折紙應該坐在那裡的座位。

「…………」

——睡眠不足的原因顯而易見。因為士道昨晚大致做了兩件事。

一件事是外出。士道吃完晚餐後，一個人溜出家門前往某個地方。

沒錯。他的目的地正是折紙在原本的世界居住過的公寓，以及五年前發生火災的天宮市南甲鎮住宅區。

他會這麼做有一個理由，就是認為折紙可能會在那裡。

不過，現實往往不盡如人意。

根本沒有人住在公寓的房間，過去鳶一家居住過的房子也掛上了其他人的門牌。士道還是姑且向現在的居民打聽鳶一家的事情，但仍舊不清楚折紙詳細的行蹤。

「折紙……」

士道望著空無一人的座位喃喃自語。

昨天琴里播給他看的影片，顯現在畫面中真面目不明的精靈〈惡魔〉無疑就是鳶一折紙，而且不是普通的精靈——而是反轉後的姿態。

士道緊咬牙根。

——他百思不解。

自己應該在五年前的世界成功改變了歷史才對。照理說，折紙能以一名平凡少女的身分生活在平凡的世界。

然而……折紙究竟為什麼會變成精靈呢？又為什麼會反轉？

而且根據琴里所說，折紙似乎會攻擊其他精靈。這樣不就和她隸屬ＡＳＴ時沒兩樣嗎？

而精靈消失後，〈惡魔〉的身影似乎也在不知不覺間失去蹤跡。拜此所賜，城鎮才不至於被破壞得那麼嚴重。

一大堆不明所以的事令士道的頭腦一片混亂。在這五年之間，這個世界究竟發生了什麼事？

士道用力抓了抓頭。

「可惡……為什麼偏偏……」

士道煩躁地說出這句話，同時想起昨天採取的另一個行動。

士道採取的另一個行動就是盡可能收集這個世界的情報。

——得知折紙在這個世界的事情的瞬間，深不可測的不安和猜疑便在士道的腦海裡翻騰。

士道認為搞不好只是自己不知情，其實這個世界還發生了其他與士道的記憶有出入的事，或是——原本應該發生的事情卻被抹消了。

士道一回到家便詢問琴里等人有關這個世界的事（雖然琴里露出覺得士道很可疑的表情），而且也請琴里讓他大致瀏覽了〈佛拉克西納斯〉的資料庫。

結果，他發現這個世界的歷史幾乎按照自己的記憶發展。

五年前，琴里成為精靈，被〈拉塔托斯克〉發現。

四月十日，士道遇見十香，封印了她的靈力。

之後，封印四糸乃、遇見狂三和真那、封印八舞姊妹、與DEM交戰，以及封印美九和七罪的事情，全都按照士道的記憶一一發生過。

沒錯——唯獨缺了有關鳶一折紙的事。

正當士道思考著這種事情的時候，上課鈴聲響起，班導小珠打開教室的門走了進來。士道聽從口令起立、敬禮，再次坐回自己的座位上。

「各位同學早安。今天也幹勁十足地上課吧。」

小珠微笑著如此說道。不過，士道幾乎一個字都沒聽進去。他撐著臉頰，怔怔地望著窗外。

「…………」

——果然還是得見折紙一面不可。思考了一個晚上，士道得出的就是這個答案。

昨天，當士道得知老師和同學不認識折紙時，以及知道在這個世界，自己甚至不曾遇見折紙時，他以為自己一輩子再也不會和折紙有所牽連。實際上——他也曾經想過這樣對折紙或許比較好，自己不應該再去打擾折紙理應過著幸福日子的人生，只需要默默想著在世界的某處安穩生活的折紙就好。

不過，既然看見了那個影像，士道就無法堅持這些念頭。

糾纏折紙的戰禍還沒劃下句點，士道的使命還沒有完成。壞心眼的世界依然讓那名少女背負著殘酷的命運。

話雖如此，現在的士道實在太不了解這個世界了。不先見到折紙，和她談一談，做什麼事情都是枉然。

不過士道如此下定決心後，才發現要達成這個目的必須先清除好幾個障礙。

這個世界的折紙壓根不認識士道。更根本的問題在於，他甚至連折紙到底在哪裡都不知道。

「……光靠我一個人的力量，還是無可奈何啊。」

士道以誰都聽不見的聲音低聲呢喃後，用指尖「咚咚」地敲了敲書桌。

不管怎麼行動，果然還是需要〈拉塔托斯克〉的協助。只好等今天回到家之後，再向琴里說明原委，請她幫忙尋找折紙了。

……雖然不確定她是否會相信自己穿越時空、改寫世界的事情，但既然牽扯到精靈〈惡魔〉，她勢必不會坐視不管。

「好……」

士道望著窗外，堅定心意似的緊握拳頭。

就在這個時候——

「啊，對了。今天要介紹一位新朋友給大家認識。好了，請進來吧～」

小珠像是突然想起似的這麼說的同時，教室的門發出「喀啦」的聲響，一名少女走了進來。

看樣子似乎是轉學生。

雖然覺得這種時期會有人轉學進來很稀奇，但現在不是在意這種事的時候。士道沒有轉過頭看轉學生，只是瞄了她一眼。

然而——

「……咦？」

看見走到講臺前的少女容貌，士道驚愕得瞪大雙眼。

那名少女的臉龐好似洋娃娃一般端整，身材纖瘦。蓋住背部的頭髮顏色有些淺，看起來有如異國公主。

少女登場的瞬間，同班同學們開始喧鬧了起來。男同學們發生「喔喔！」的驚呼聲探出身子；而女同學們的眼神也閃耀著光芒。

不過，其中只有士道一個人露出愕然的表情，凝視著少女的臉。

理由很單純。因為那名少女的臉很眼熟。

「好了，那就麻煩妳自我介紹吧。」

小珠催促轉學生。

於是她點了點頭，將臉轉向正面，以冷靜的聲音如此說道：

「——我是鳶一折紙。請各位多多指教。」

然後深深地鞠了一個躬。班上的所有同學發出「哇～」的驚嘆聲。

有一部分學生大概想起了士道昨天說出的「折紙」這個稀奇的名字吧。有些人一臉疑惑地歪著頭，有些人則像是浮現什麼下流的思想，對士道露出戲謔的笑容。

不過，現在的士道無暇對他們做出反應。

「什麼……」

他瞪大了雙眼，從脣間發出顫抖的聲音。

因為站在那裡的人，雖然頭髮長度不同，但無庸置疑是士道記憶中的鳶一折紙小姐本人。

士道訝異得說不出話，於是小珠移動視線環顧教室。

「我看看，那麼鳶一同學的座位……五河同學旁邊沒人坐吧。可以請妳去那邊坐嗎？」

「我知道了。」

折紙點頭答應，踏著緩慢的步伐走向士道。

可是，折紙走了幾步後突然停下腳步。

士道立刻就知道了理由。因為他一直凝視著折紙，兩人突然在此時四目交接。

「啊——」

「咦……？」

簡短的聲音從士道喉嚨發出的同時，折紙大感意外地睜大了雙眼。

她與一直凝視著自己的少年四目相交了，也難怪她會感到訝異。

不過不知為何，折紙的反應看起來不太像是因為這種原因而吃驚。

「——不會吧，你是……」

沒錯。折紙宛如認識士道一般說出這句話。

但是，折紙像是改變心意似的立刻搖了搖頭，這次則突然改變態度，見外地對士道點頭打招呼，在小珠指定的位子坐下。

「——」

士道看著折紙一連串的動作，感覺自己的心臟愈跳愈快。

——剛才究竟是怎麼一回事？折紙認識士道嗎？

照理來說，折紙不可能認識自己。可是，剛才她的舉動到底是——

「好了！那我要重新點名嘍！」

小珠以精力充沛的聲音開始喊出學生的名字，但士道一個字都聽不進去。

第九章 本能

『……什麼？』

琴里透過電話傳來的聲音帶有一絲疑惑。

這也無可厚非吧。要是有人在下課時間突然打電話告訴他「那種事情」，士道勢必也會做出類似的反應。

沒錯。士道在班會一結束之後便溜出教室，來到四下無人的地方打電話給琴里。

接起電話的琴里一開始還以輕鬆的語氣隨口附和，但中途響起像是更換緞帶的布料摩擦聲後，立刻傳來剛才那句話。

琴里語氣困惑地繼續說：

『等一下。這到底是怎麼回事？仔細解釋給我聽。』

「……正如我剛才所說，〈惡魔〉轉進我們班了。」

士道咬緊牙齒，將剛才對琴里說的話再說一遍。

『我就是聽不懂這句話的意思啊。〈惡魔〉到底為什麼會轉進學校啊……況且，〈惡魔〉不是真面目不明的精靈嗎？我們根本不知道她的名字和長相，你又怎麼會知道那個轉學生就是〈惡魔〉呢？』

「這個嘛……」

琴里會提出這個疑問再自然不過。士道支支吾吾，說不出個所以然。

「我現在沒時間，等今天回家後再向妳解釋詳細情形。不過……我說的是真的，相信我。」

『…………』

士道說完後，琴里沉默了一陣子，接著唉聲嘆了一口氣。

『……我知道了啦。我會先用偵測器偵測看看。不管偵測出來的結果怎麼樣，你都不准有意見喔。』

「……！妳願意相信我嗎？」

雖然是自己提出來的事，但還是令他感到有些意外。士道發出訝異的聲音，琴里便用感嘆的口吻回應：

『老實說，我還半信半疑。不過，既然你說已經得知毫無情報來源的〈惡魔〉的真面目，我總得採取些行動吧。』

而且——琴里接著說道：

『我也不認為你會無憑無據就說出那種話。不對……就算那只是你的直覺，你之前的所做所為也足以讓我相信你說的話。』
「琴里……」
『不過，如果你抱持的心態是想讓〈拉塔托斯克〉幫忙調查你有點喜歡的女孩子，我可會讓你吃不完兜著走喔。』
「我……我才不會做那種事咧！」
士道大叫出聲，琴里便回答了一聲「嗯」首肯。
『那麼，我馬上命令船員調查。呃，那個女學生叫什麼名字來著？』
「她叫折紙，鳶一折紙。」
『鳶一折紙啊。鳶一——』
就在這個時候，琴里突然止住話語，彷彿想起什麼事情似的發出細微的沉吟聲。
『她……該不會是ＡＳＴ的鳶一折紙吧？』
「什麼……！」
聽見琴里說的話，士道將一雙眼睛睜得圓滾滾的。ＡＳＴ，那是隸屬陸上自衛隊的對抗精靈部隊的簡稱。
折紙的確曾經屬於那個組織。但那應該是原本世界的事，琴里不可能會知道才對——
士道想到這裡，猛然抖了一下肩膀。

「琴里，妳該不會還保有原本世界的記憶吧……？」

『啊？你在說什麼啊？昨天作的夢還沒醒嗎？』

然而，琴里卻表現出一副若無其事的樣子回答。

『我記得ＡＳＴ的隊員裡有人叫這個名字吧，還有幾次跟十香她們交戰。不過，她應該在不久前退職了才對。』

「什──」

士道一時說不出話。琴里並非想起原本世界的記憶，然而折紙卻曾身為ＡＳＴ的成員。

這兩件事指出了一個極其單純的事實。

那就是──折紙在這個世界也曾經參加過ＡＳＴ。

「到底是為什麼……」

『你是問……她辭掉ＡＳＴ的理由嗎？我怎麼會知道啊。』

大概是誤以為士道的自言自語是在向她發問，琴里從鼻間哼了一聲如此說道。

『不過聽你這麼一說，鳶一折紙辭掉ＡＳＴ的時期跟〈惡魔〉開始現身的時期，基本上是一致的呢。唔，如果她退職的理由是因為自己變成了精靈……』

琴里發出低吟，開始嘀咕了起來。

不過，那些話士道有一半都沒有聽進去。因為他的頭腦還在為了折紙曾經加入ＡＳＴ這個事實感到一片混亂。

原本世界的折紙之所以會加入ＡＳＴ，是因為想打倒殺死雙親的精靈。在這個折紙的父母理應已得救的世界，究竟是什麼事情促使她加入ＡＳＴ呢？

『喂，士道，你有在聽我說話嗎？』

「……！喔……喔喔……抱歉。」

聽見琴里的呼喚，士道赫然回過神。

『真是的，你振作一點啦。總之，我這邊會調查鳶一折紙是不是精靈。如果你發現了什麼蛛絲馬跡，也要記得向我報告喔。不過，假如鳶一折紙真的是〈惡魔〉，那她可是非常危險的反轉體。你千萬不要亂來。』

「嗯……好……我知道了。」

士道如此說完便掛斷了電話。

「…………」

他將手機扔進口袋，然後靠著牆壁。腦海裡有太多錯綜複雜的資訊，令他無法理清思緒。

可是繼續這樣呆站下去也無濟於事。於是，士道深深呼吸了一大口氣後，回到了二年四班的教室。

一踏進教室，立刻發現窗邊的座位聚集了一堆人。看樣子，大家都對可愛的轉學生好奇不已。折紙被同班同學團團包圍，露出不知所措的表情。

就在這個時候，通知開始上課的鈴聲響起，大家揮著手回到自己的座位上。只見折紙也對同學們揮揮手，然後吐了一口氣。

「……哈哈。」

看見這幅陌生的情景，令士道不禁莞爾一笑。如果是士道以往認識的折紙，肯定會完全無動於衷吧。

不過……就是因為這樣，士道才百思不解。

為什麼折紙在這個世界也曾經加入ＡＳＴ？為什麼變成了精靈？為什麼——反轉了？還有，為什麼明明反轉，卻依然能像這樣保持自我，恢復人類的姿態呢？無論士道怎麼思考，謎題仍然無窮無盡。

正當士道陷入沉思的時候，老師走進教室。

「要開始上課嘍。快回去坐好。」

「啊……對不起。」

士道急忙回到自己的座位上坐好後，拿出課本和筆記本放到桌上。

不過想當然耳，士道根本無法集中精神上課。他移動視線瞥了折紙一眼。

——果然必須找她談過一次才行，因為士道對這個世界的折紙一無所知。

可是一到下課時間又會像剛才那樣，有一群人圍在她身邊吧。在那種情況下，士道很難和折紙交談。

「………………」

士道思考了一會，在筆記本的邊緣寫下文字。

然後將它撕下來對折，趁老師不注意的時候放到折紙的桌上。

「……？」

發現紙條的折紙微微歪了頭。

接著她打開紙條看寫在上頭的文字後，立刻驚訝地瞪大雙眼。

當天午休，士道溜出教室來到了頂樓旁的樓梯。

由於遠離教室所在的區域，不太會有學生造訪這裡。而實際上，校舍裡的午休喧鬧聲宛如虛假一般，樓梯間靜謐無聲。

不過，那並不代表現場沒有人在。

那裡早已站著一名少女。她就是引起話題的轉學生，鳶一折紙。

這麼偏僻的地方，恐怕有不少學生連它的存在都不知道，就這麼過了三年的時間吧。竟然會有轉學生出現在這種地方，照理說是一件令人匪夷所思的事情。

然而，士道並不感到吃驚。因為……

「請問，這個是？」

折紙從口袋拿出筆記本的紙片，攤開來給士道看。紙上確實是士道的筆跡，上面寫著希望折紙午休時前往這個地方赴約。

沒錯，是士道叫折紙來這裡的。

「啊啊，不好意思。突然叫妳來這裡。」

「不會。這倒是無所謂……但你找我有什麼事嗎？」

折紙露出有些僵硬的表情如此問道。

不過，這也是理所當然的吧。畢竟被一名初次見面的男學生叫到這種沒有人影的地方，她會感覺到危險也不足為奇。士道甚至還想感謝她依照自己的要求，一個人來到這裡赴約。

不過，該怎麼說呢……不是士道警戒折紙，而是折紙警戒士道，還真是新鮮的體驗呢。

「啊……」

士道搔了搔臉頰，不知該從何說起。想問她的問題像山一樣多，但突然沒頭沒腦地發問可能會加深她的戒心。

就在這個時候，士道想起折紙早上脫口而出的話。

「我說，折紙。」

「咦？」

折紙露出大感意外的表情。士道雖然一時之間意會不過來，但他馬上就發現了理由。

「抱……抱歉。鳶一……同學。突然就叫妳的名字，很沒禮貌吧。」

「不會，我只是有點嚇到。呃……五河同學。」

折紙呼喚士道的姓氏。這聽不慣的稱呼令士道露出一抹苦笑。

「怎麼了嗎？」

「不，沒事。話說回來，鳶一同學，妳早上看到我的臉之後，說了些什麼話對吧？妳當時到底說了些什麼？」

「喔喔……」

士道說完，折紙便露出像是想起什麼事情的表情。

「如果惹你不高興，我向你道歉。因為五河同學你長得跟我以前認識的人一模一樣，我有點吃驚。」

「咦……？」

士道不由自主地皺起眉頭。

「那個人——是我嗎……？」

「不，不可能。因為我是在五年前遇見那個人，五河同學當時還是小學生呢。而且——」

折紙突然垂下視線。

「——那個人，已經死了。五年前，在我的眼前。」

「……！」

聽見這句話，士道才發現折紙所說的人物真正的身分。

那名人物無庸置疑就是士道。雖然僅只片刻的期間，但士道在五年前拯救折紙的父母時，確實曾經和折紙四目相交。

「你要說的就只有這件事嗎？我要回教室了……」

「……！啊，等一下。」

士道急忙制止打算走下樓梯的折紙，因為士道幾乎還沒獲得想要的情報。

話雖如此，估計繼續扮演一無所知的學生不可能有更進一步的發展，士道下定決心開口：

「妳說妳在五年前遇見那個人，該不會——是在南甲鎮大火災的時候吧？」

「咦——？」

聽見士道說的話，折紙雙眼圓睜。

「你為什麼……會知道……」

話才說到一半，折紙便露出恍然大悟的神情。

「那個人該不會——是你的哥哥吧……？」
「咦？」
聽見折紙出乎意料的發言，士道發出錯愕的聲音。看樣子，折紙似乎認為五年前遇見的人物是他的兄弟。這也難怪吧。就算說那個人是士道自己，想必她也不可能相信。
雖然不希望折紙有所誤解……但如果談話能因此順利進行下去，也別無選擇了吧。士道如此判斷後點了點頭。
「嗯……算是吧。」
士道說完，折紙的臉色突然改變。她皺起眉頭，露出泫然欲泣的表情。
「鳶……鳶一……同學？」
「……！」
折紙走到士道的面前牽起他的手，深深地低下頭。
「你的哥哥救了我的父母。要是沒有他，我父母當時就死了。就算我說再多感謝的話，或許也不足以表達我的謝意，但還是請你讓我說一句，真的——非常謝謝他……！」
「喔……喔喔……」
面對折紙的反應，士道感到不知所措，含糊地回應她。
不過，她說的這句話透露了一件重要的資訊，那就是士道五年前果然成功拯救了折紙父母的性命。士道輕輕吐了一口安心的氣息。

「啊！」

就在這個時候，折紙像是突然驚覺什麼事情似的放開士道的手，臉頰泛起紅暈，然後再次低下頭。

「對……對不起，突然握住你的手。」

「不會……沒關係。」

看見折紙做出不符合她個性的反應，士道有種奇妙的感慨，臉上露出一抹苦笑。

不過在弄清一件事實的同時，有些謎團更加撲朔迷離了。

「呃……鳶一同學，妳的父母當時得救了吧？」

「是的。」

折紙點頭稱是。士道輕輕鬆了一口氣後，繼續問道：

「那麼，妳現在也跟父母住在一起嗎？」

「……沒有。我父母在四年前發生意外過世了。」

「——！咦……！」

聽見折紙低垂著雙眼說出的話，士道不由得發出高八度的驚愕聲。

「怎……麼會……」

歷史的修正力這個詞彙掠過士道的腦海。雖然狂三既不否定也不肯定這個理論——但結果，無論士道再怎麼努力都無法改變折紙父母死亡的下場吧。這樣的無力感向士道侵襲而來。

「五河同學……？」

面對打著哆嗦的士道，折紙納悶地皺起眉頭。這也難怪。今天才剛認識的男學生做出這樣的反應，會覺得奇怪也是理所當然。

不過，她馬上像是改變念頭似的甩甩頭，然後低下頭。

「對不起……你的哥哥好不容易救了我的父母。」

「不，別這麼說。」

「可是……」

折紙抬起頭，以嚴肅的語氣繼續說：

「在你哥哥救了我父母後的一年左右，我從兩人身上獲得了非常多的東西。要不是你哥哥的幫助，我就無法享受到這無可取代的事物。我真的——非常感謝他。」

這麼說的折紙臉上沒有一絲虛偽。

「這……這樣啊……」

士道稍微移開視線如此說道。折紙的父母過世，士道覺得很遺憾也很同情折紙的遭遇……但聽見剛才折紙說的話，士道認為自己的付出沒有白費，心情輕鬆了許多。

不過，折紙說她的父母死於交通意外。如果這是事實——

士道抬起頭，目不轉睛地凝視著折紙的雙眼，嚥了一口口水，下定決心開口：

「那麼——為什麼妳會加入ＡＳＴ？」

「咦——」

聽見士道說的話，折紙屏住了呼吸。

沒錯，這就是士道的疑問。火災的那一天，折紙的父母應該逃過了天使的一擊。既然如此，折紙應該不會對精靈抱持著憎恨的情感……

「你怎麼會知道ＡＳＴ的事——」

話還沒說完，折紙像是憶起了什麼事情般皺起眉頭。

「難不成你曾經在空間震警報響起時走到街上？」

「咦……？啊——」

聽見折紙的話以及看見她那疑惑的表情，士道發出簡短的聲音。

沒錯。既然折紙在這個世界也曾經是ＡＳＴ的一員，那麼也可能目睹為了與精靈對話而前往現場的士道身影。

「對……沒錯……是曾經有過。」

「……果然。我當時並沒有看錯。」

「咦？」

「在我們的小隊當中也引起過幾次話題，說有一般市民留在危險地帶。我還想說和『當時』那個人長得很像，沒想到就是五河同學你。」

折紙說完露出銳利的視線。

「你這種行為很危險。以後請不要再這麼做了。」

「呃……我……」

士道窮於回答，支吾其詞。就算折紙這麼警告他，既然有〈拉塔托斯克〉的任務在身，士道從今以後也必須不斷站在精靈們面前。

不知折紙是如何解讀士道的反應，只見她輕輕嘆了一口氣。

士道已做好心理準備被追根究柢，但折紙並沒有更進一步探索原委的跡象。

而是露出令人感受到她強烈意志的表情回望士道。

「你是問我加入AST的理由……對吧？」

「對，如果妳不介意，可以告訴我嗎？」

士道說完，折紙點了頭。

「你既然知道AST，那麼也了解造成空間震的原因吧？」

「……精靈。」

「沒錯。被指定為特殊災害的生命體，精靈。另外，你可能早已展開調查，五年前發生火災的時候殺了你哥哥的，也是精靈。」

「那是——」

士道嚥了一口口水含糊其辭。雖然士道依然活著，但從當時的折紙眼裡看來，只認為有人在眼前被消滅了吧。

折紙使勁握緊拳頭繼續說：

「那個人為了救我的父母，犧牲了生命，都是多虧那個人的幫助才造就現在的我。所以我才心想不能讓其他人再發生像他一樣的遭遇，要成為一名能保護別人不為精靈所害的人……」

「啊……」

士道的喉嚨不經意發出聲音。

宛如四散的拼圖碎片拼湊成一幅完整圖畫的感覺。

原本世界的折紙因為父母遭精靈殺害的憤怒，決心打倒精靈。

士道為了防止這件事發生，因此回到五年前的世界，成功拯救了折紙的父母。

然而，迴避「父母之死」時所產生另一項「士道之死」，反而成了折紙下定新決心的原因。

多麼——諷刺啊。命運無情的捉弄令士道感到內心一陣騷動。

「……五河同學？」

或許是對士道沉默不語的情形感到納悶，折紙歪了頭。士道的手指微微顫抖。

「啊啊，我沒事……」

當然，士道不可能沒事。但他現在只能這麼回答。

士道成功改變了世界。可是到頭來，折紙還是目睹了精靈——殺人的瞬間。

不過，這並不代表只有絕望的事情發生。

原本的世界和這個世界所發生的事並不相同。乍看之下雖然產生同樣的結果，但在原本的世界被殺害的是和折紙一同度過許多歲月的父母，而在這個世界，折紙目睹的卻只有不知名少年的死亡。

更重要的是，那名少年如今仍好好地活在這個世上。只要能巧妙解釋這個事實，或許——

可是，士道此時咬了咬嘴唇。他忘記了一件重要的事。

沒錯。這個世界的折紙不只變成了精靈，應該還反轉了才對。

對於「反轉」這種現象，士道也不是了解得那麼清楚。但他明白一件事，就是精靈沉浸在絕望中時才會產生這個現象。

「…………」

士道再次望向折紙。她的語氣和散發出來的氣息確實和士道過去所認識的折紙有所差異。不過，至少現在站在他眼前的這名少女看起來並不像對這個世界感到絕望。

雖然琴里叮嚀他不要亂來，但是——士道非問不可。

「我可以……再問妳一件事嗎？」

「什麼事？」

折紙歪了頭。士道下定決心提出他的疑問。

「——為什麼，妳會……變成精靈？」

然而——

「什麼？」

折紙聽見士道說的話，只是露出疑惑的神情瞪大雙眼。

「呃，變成精靈……？你這話是什麼意思？」

「咦？」

面對折紙出乎意料的反應，這次換士道瞪大雙眼。

士道一時之間還以為折紙在裝傻……但是並非如此。折紙表現出的模樣看起來是真的聽不懂士道在說什麼。

「這是怎麼回事……？那確實是……」

正當士道輕聲呢喃、動腦思考的時候，預備鈴聲響徹整所學校。看樣子午休已經結束了。

「午休似乎結束了呢。我先回教室了。謝謝你，五河同學。能跟你聊天真是太好了。」

折紙說完便走下樓梯。

「啊──」

士道發出聲音試圖挽留折紙。還有堆積如山的疑惑尚未解開。士道認為不能就這麼放折紙離開這裡。

「能……能不能──再跟我聊一下？」

「可是，已經要上課了耶。」

「不是今天也行！如果妳改天有空，可以──再跟我見面嗎？」

「咦？你這是──」

折紙露出驚訝的表情，接著臉頰泛起紅潮。

看見折紙的反應，士道也隨後察覺到某件事，發出「啊」的一聲羞紅了臉。

──剛才的說話方式聽起來就像是在邀她約會……！

「呃……」

士道手足無措，不知該怎麼改口。折紙便轉移視線並開啟雙唇回答：

「……那個，可以給我一點時間考慮嗎？」

「咦？當……當然……！」

士道反射性回覆後，折紙當場行了一個禮。

「那麼，我先走了。」

然後，快步走下樓梯。

「…………」

……老實說，這幅情景令士道感到十分意外。折紙竟然表現出嬌羞的反應……這麼說對原本世界的折紙很不好意思，不過這實在不怎麼符合她的個性。

「不對……」

士道緩緩搖了頭。折紙這名少女肯定本來就是這樣的個性，只是因為父母死亡而轉變成理性又冷靜的性格。

不過……該怎麼說呢？士道雖然認為現在的折紙很可愛，但內心某處卻又感覺到莫名寂寥和空虛。

「……可能是我太習慣之前的折紙了吧。」

士道有些自嘲地如此說完，便追隨著折紙走下樓梯。

他無力地自言自語著經過走廊，回到二年四班的教室。英文老師隨後走進教室，開始上第五堂課。

——開始上課後，不知道經過多久。

坐在士道左邊的折紙突然做出奇怪的舉動。

「嗯……？」

士道覺得奇怪便瞄了折紙一眼，發現她正在從筆記本上撕下來的紙片上寫著細小的文字。

然後將紙片對折，趁老師不注意的時候放到士道的桌子邊緣，就像士道在第一堂課時對她做的一樣。

「這是……」

「……！」

士道拿起紙片後，折紙便羞紅了臉，坐立不安地游移雙眼，立起課本遮住臉龐。

◇

「…………」

當天放學後，士道一個人來到學校的頂樓，躺在地上怔怔地望著飄蕩在空中的雲朵。

然後從口袋拿出對折的紙條，對著天空看裡面的內容。

——「我這個星期六有空。」

那張紙條是剛才折紙傳給他的。看樣子，是針對士道的邀請所做出的答覆，紙條下方小小地寫著一排電子郵件信箱位址。

「星期六啊……」

士道說著將紙條再次收回口袋，同時微微伸了懶腰。

算是約好了時間。沒有藉〈拉塔托斯克〉的幫助就約到了姑且算是初次見面的女孩子，說是一大功績也不為過。

話雖如此，問題仍然堆積如山。

再說，變成精靈甚至反轉的折紙真的有可能完全沒有自覺嗎？

士道的腦海裡浮現了好幾種可能性。

最離譜但最有可能發生的，就是士道認錯人了。

琴里播給他看的影像裡頭的人看起來確實像折紙，但他無法斷言沒有穿著與折紙相似靈裝的精靈存在。

另外，也有可能純粹是折紙在說謊。雖然就士道看來，折紙並不像在說謊，但他既沒有修過犯罪心理學也並非有名的賭徒，十分有可能被折紙的演技所欺騙。

或是——

「難道有兩個折紙……應該不可能吧……？」

士道如此呢喃後無力地「哈哈」笑了兩聲。

總之包含這件事在內，必須和〈拉塔托斯克〉商量才行。

不過……當士道正想起身的時候，「呼啊啊」地打了一個大呵欠，身體同時漸漸失去力氣。

話雖如此，這也是理所當然的。畢竟他昨天整晚都在搜尋資料庫，沒有好好睡上一覺。

「折……紙……」

士道低喃般說出這個名字後便立刻閉上眼睛。

然後，不知經過了多久的時間。

「嗯……」

士道輕聲發出低吟，睜開眼睛。

幾秒後，隨著頭腦逐漸清醒，士道才發現自己似乎在不知不覺間進入了夢鄉。看來自己比想像中的還要疲倦。

「啊……糟糕。現在幾點了啊？」

就在士道正想從口袋裡拿出手機確認時間的時候，他感到不對勁而皺起了眉頭。

「嗯……？」

好像有什麼地方跟他睡著之前有所不同。

士道沉思了片刻，發現了問題出在哪裡。是枕頭。士道睡著之前，頭底下分明沒有墊任何東西，如今卻感覺到一種非常柔軟的觸感。

士道為了確認這種觸感到底是什麼東西，便把手伸向頭的下方，結果視野內突然冒出一張少女的臉。

「——哎呀哎呀，不可以頑皮喲。」

「嗚哇！」

士道被這突如其來的狀況嚇了一跳，將一雙眼睛瞪得圓滾滾的。

隔了一拍，他才發現頭下方的觸感——以及那名少女的真面目。

「狂……狂三！」

士道發出高八度的驚愕聲呼喚少女的名字。

沒錯。出現在士道視野中的，就是將士道送回五年前世界的精靈時崎狂三。

看來士道似乎在不知不覺間將頭枕在狂三的大腿上。

「呵呵呵，你好呀，士道。你的睡臉很可愛喲。」

「……！」

士道感到非常難為情，從狂三的大腿上一躍而起。

「哎呀、哎呀。」

看到士道的反應，狂三開心地露出笑容，以優雅的動作原地站起身。

狂三的裝扮並非熟悉的紅黑色靈裝，而是士道第一次見到狂三時她所穿的來禪高中制服。長長的瀏海遮掩住她那刻有時鐘錶盤的左眼。

「狂三，妳……」

這時士道身體僵住了。

仔細想想，存在於這個世界的狂三不一定和士道原本認識的狂三擁有相同的記憶。今天一整天，士道深切地體會到了這個道理，必須提防最邪惡的精靈狂三也是理所當然的事。

不過，狂三看見士道的反應後，先是雙眼圓睜，接著掩住嘴角開始發笑。

「你用不著那麼警戒我的，士道。如果我要『吃掉』你，早就在你展現毫無防備的睡姿時動手了。」

「唔……」

狂三說的確實不錯。士道臉頰流下了汗水。

即使如此，也不能因此鬆懈心防來面對她。士道姑且對狂三的言論表示同意，但依然謹慎地注意她的一舉一動。

「哎呀哎呀，你的疑心病還真重呢。我們不是一起改變世界的交情嗎？」

狂三說完，打趣似的聳了聳肩膀。

聽見這句話，士道赫然瞪大雙眼。

「……！狂三，妳──」

「沒錯，我都記得。無論是原本世界──還是折紙的事。」

「…………！」

聽見狂三說出的人名，士道湧起一股宛如全身起雞皮疙瘩的感覺。

這也難怪。因為他來到這個世界後，第一次遇見除了自己以外還認識折紙的人。彷彿被扔進沙漠的旅人發現路標一樣的心情。士道克制想一把抱住狂三的衝動，開口說：

「狂三，聽我說。這個世界有些不對勁，折紙她──」

「──變成了精靈，對吧。」

狂三緊接著士道的話說了。於是士道驚愕得瞪大雙眼。

「……妳已經知道了嗎？」

「對。不過是剛剛才知道的。」

「這樣啊……」

士道微微低下頭，然後繼續說：

「事情……到底為什麼會變成這樣？折紙究竟發生了什麼事？」

「這個，我也難以得知。不……過——」

說到這裡，狂三原地轉了一個圈。

「也不是沒有辦法……了解現在的折紙喲。」

「真……真的嗎？」

「是的。」

狂三露出笑容，宛如踏著舞步般用後腳跟敲了敲頂樓的地板。於是，原本盤踞在狂三腳下的影子往上纏繞住她的身體，形成一套紅黑色洋裝。

靈裝。守護精靈的盔甲，亦是堡壘。士道對突然顯現靈裝的狂三投以警戒的視線。

「呵呵呵，請不要那麼害怕。」

狂三一邊說一邊舉起右手。接著，一把手槍從影子飛到她的手中。

狂三舔了一下嘴唇，繼續說：

「只要用這個【十之彈】射擊折紙，就能得知她在這個世界是如何度過以往的人生。當然，沒辦法令她全盤托出，但只要將焦點鎖定在她為何會變成精靈，應該能得到你期望的情報。」

「【十之彈】……對喔！」

士道瞪大了雙眼。【十之彈】，他記得那是能將射擊對象過去的記憶傳達給狂三的子彈。只要利用它，就能得知折紙過去到底發生什麼事吧。

「可是……既然如此，折紙在原本的世界反轉時，不是也能利用【十之彈】得知她反轉的原因嗎？」

士道不經意地如此說完，狂三便誇張地聳了聳肩。

「嗯——理論上是可以沒錯。前提是要能接近『那個』折紙，對她射擊【十之彈】。」

「唔……」

士道的臉頰抽搐了一下。當時確實沒有裕餘對反轉的折紙做出那種悠閒的舉動。

「總……總之，靠【十之彈】就能知道折紙在這個世界反轉的原因吧？拜託妳，狂三，助我一臂之力吧！」

「呵呵呵，我要不要答應你呢？」

狂三像是在尋士道開心似的，用嘴脣觸碰槍口。

放學後，原本踏上歸途的折紙一個人回到了來禪高中。

理由是放學途中，她發現自己經常佩戴的髮飾不見蹤影。

弄丟一個小小的髮夾也沒什麼好心痛的——不過，如果那是母親以前買給她的東西，那又另當別論了。

話雖如此，折紙並不清楚是在哪裡弄丟的。結果，她只好沿著來時路走回高中，察看校舍入口換鞋子的地方、走廊、教室，然後來到午休時間與五河士道談話的頂樓前的樓梯。

「啊——找到了。」

折紙屈膝蹲下，撿起掉在地上的髮夾。

看來是在和士道說話時掉的。大概是在得知他是當初那名少年的弟弟，激動得抓起他的手時不小心掉落的。

「得小心一點才行呢……」

折紙如此呢喃，並用指尖簡單地擦拭髮夾，然後夾在頭髮上。

就在這個時候——

「咦……？」

折紙透過玻璃看見頂樓上有兩個人影。

一個是同班同學五河士道。

另一個則是——身穿紅黑色靈裝的精靈〈夢魘〉。

「啊————」

確認兩人身分的瞬間——

折紙的意識突然像關閉電源一樣瞬間中斷。

「嗯……？」
士道感覺到從頂樓入口的方向傳來「嘰」的一聲有人打開門的聲音。
往聲音來源望去，發現那裡站著一名垂著頭的少女。
「咦……折紙？」
沒錯。雖然因為垂著頭，一時之間認不出來者何人，但是——那名少女無疑就是鳶一折紙。
已經放學了，她來這種地方有什麼事嗎？
士道打算問折紙這個問題，卻猛然止住了話語。
理由很單純。因為士道想起精靈狂三正站在他的身旁。
這個世界的折紙在不久之前也曾隸屬ＡＳＴ。也就是說，她遇見狂三的可能性並非為零。至少，應該曾經在資料影像中看過狂三吧。
「折……折紙，這是因為啊……」
好不容易約到折紙，可不能讓她胡亂猜測自己和狂三的關係。士道發出聲音企圖蒙混過去。
不過，折紙表現出一副像是沒聽見士道聲音的模樣，低著頭無力地垂下雙臂，慢慢往前走。
「折紙……？」

「哎呀、哎呀？」

士道納悶地呼喚折紙的名字後，狂三便像是配合這個時機似的皺起眉頭。緊接著，狂三的身影一瞬間宛如被影子包圍般染成了黑色，旋即又恢復原貌。

「我們在這個世界是第一次見面……吧，折紙？不過，妳也可能曾經見過我——」

「精……靈……」

——此時……

狂三的話才說到一半，折紙便輕聲低喃，隨後漆黑的黑暗宛如蜘蛛網一般，擴散在她的身體周圍。

那幅情景好似只有折紙周圍一瞬間化為了黑夜。看見這異常的狀況，士道不由得瞪大雙眼。

「什麼——！」

然後，那片黑暗有如漩渦束縛住折紙的身體，構成一套類似喪服的洋裝。

那無庸置疑是——

「靈裝……！」

士道發出驚愕的聲音。

沒錯。出現在頂樓的折紙身上所穿的就是精靈的鎧甲——靈裝。

而且並非士道先前所見的宛如新娘禮服的純白靈裝，而是反轉後的漆黑衣裳。

周圍瞬間充滿了令人窒息的緊張感和沉重的壓力。士道雙腳微微顫抖，似乎要是一個不留意就會當場頹倒在地。

不過，那也是當然的。因為擁有龐大力量的破壞的化身——「魔王」如今就顯現在他面前。

「〈惡魔〉——果然是妳嗎……！」

即使士道詢問，折紙也沒有回答。

不過既然目睹折紙這副姿態，也只能這麼推斷了。至少士道似乎並沒有認錯人。如此一來，是折紙對他說了謊嗎？當時士道並不認為折紙在說謊——

「士道，你站在那裡可能會很危險喲。」

正當士道打著哆嗦動腦思考時，狂三突然對他這麼說。

下一瞬間，好幾個漆黑的塊狀物一個一個出現在沉默的折紙周圍，逐漸膨脹，化為有如巨大「羽毛」的形狀。

士道曾經見過這些東西。那是在原本的世界降下雨水般的光線，將城鎮破壞殆盡的天使——反轉的姿態。

「……〈救世魔王(Satan)〉……」

折紙呢喃似的說出這句話後，無數的「羽毛」便將前端朝向士道與狂三。

「……！」

面對突如其來的事態，士道身體僵住了。下一瞬間，士道「咚」的一聲被撞飛到旁邊。遲了一拍，士道才發現是狂三推了自己一把。

「唔……！」

理解到這一點時，狂三早已躍上天空。「羽毛」發射出的好幾道光線擊中狂三前一刻所在的地方，削去校舍的一部分，衝破欄杆，朝天空貫穿而去。

「妳這聲招呼——打得還真粗暴呢！」

狂三高聲吶喊，然後扣下手中的手槍扳機。於是，像是影子凝固而成的子彈從槍口射出，攻擊折紙。

不過，飄浮在折紙周圍的「羽毛」像盾牌一般連成一列，輕易地擋下了那一擊。

而其餘的「羽毛」則將前端朝向空中的狂三——

「唔——」

隨後瞄準毫無防備的狂三，釋放出漆黑的光線。

光線貫穿狂三的胸口以及腹部，頭部、手腳與身體分離。纖細少女的輪廓一瞬間淪落為可悲的屍首。

「狂三……！」

到剛才為止還是狂三的物體配合著士道的吶喊聲，從空中零零碎碎地掉落。那些物體接觸到地板的同時，宛如炭一般崩解。

「折……折紙，妳——」

士道抬起頭，止住了話語。

「咦——？」

然後，怔怔地發出聲音。

這也難怪。因為射殺狂三的折紙無力地跪倒在地，而飄浮在她周圍的無數「羽毛」旋即化為粒子，消失在空氣中。

緊接著，裝飾折紙身體的漆黑靈裝逐漸解除，恢復成原本的制服模樣。

彷彿——是在表示因為殺死了狂三，目的已經達成。

「這……到底是……」

士道無法理解眼前發生的情形，不久，折紙緩緩抬起頭。

然後——

「……咦，五河同學？你在這種地方做什麼？」

察覺士道的身影後，折紙表現出一副若無其事的樣子如此說道。

「什麼……？」

面對折紙出乎預料的反應，士道感到十分慌亂。

折紙的表情、聲音絲毫沒有惡意，完全不像剛才射穿了狂三的身體。倘若這些全是靠演技表現出來的，那她勢必能成為名留青史的女演員或是天才詐欺犯吧。

「這到底……是怎麼一回事啊……」

士道茫然地呢喃後，折紙便疑惑地歪了頭。不過，與其說是對士道說的話做出反應，倒不如說像是不明白自己為何會在頂樓。

「難道我又……」

折紙如此輕聲說道，「啪啪」地拍了拍膝蓋，同時站起身來。

「妳說又？是……是指什麼事？」

「咦？啊……你聽到了啊？」

折紙聽見士道說的話，難為情地搔了搔頭。

「其實從不久前開始，我偶爾會失去意識。我想應該是貧血或什麼原因造成的吧……」

「失去意識……？」

士道皺起眉頭，嚥了一口口水。

折紙一臉納悶地看著士道的表情，接著像是想起什麼事情似的「啊！」地叫了一聲。

「那個，對了，你看了我上課時傳給你的紙條嗎？」

「咦……？妳……妳說那個啊，我看了。」

士道回答後，折紙便轉過身背對他。

「呃，事情就是這樣……」

折紙說完便快步離開頂樓。

「啊——」

士道想叫住她卻為時已晚。折紙走進校舍後，發出咚咚的腳步聲走下樓梯。

一個人留在頂樓的士道一時半刻只能呆愣地佇立在原地。

折紙出現，變成反轉的精靈，殺死狂三，然後一副若無其事的模樣離去。換算成時間的話，大概不到五分鐘吧。不過在這短暫的時間內，士道周圍的世界產生了一百八十度大轉變。

「狂三……」

士道呢喃似的呼喚這個名字後——

「——是、是，你叫我嗎？」

一道影子盤踞在士道的身邊，剛才理應被折紙殺害的狂三隨後從影子中探出頭來。

「……」

「哎呀，你不怎麼驚訝呢。」

「……因為之前也發生過類似的事。」

士道胡亂搔了搔頭回答。恐怕在折紙出現的時候，狂三就已經和分身交換了吧。

「……我不喜歡妳利用完那個分身就扔掉的做法。雖說是分身，但她一樣有生命吧？」

「呵呵，士道心地真是善良呢。不過，你無須擔心。只要利用【八之彈(Het)】，就能讓剛才被殺的『我』復活。」

「…………」

士道沉默不語，吐出悠長的氣息。自己跟狂三對於生命的見解簡直是天差地別。

狂三似乎不打算繼續談論這件事。她望向折紙消失的地方，轉移話題：

「對於剛才的折紙，你有什麼想法？」

「妳問我有什麼想法……我也回答不出來啊。」

老實說，全是些令人費解的事。士道擺出困惑的表情，將手抵在下巴。

「不過可以確認的一點就是，利用【十之彈】收集情報這個方法難以實行……吧。」

「妳說的……沒錯。」

雖然不知道現在的折紙處於何種狀態，但她在看見狂三後變成精靈的姿態似乎是不爭的事實。如此一來，恐怕連要接近她都有困難吧。

「事情……為什麼會變成這樣？難道我——我做錯了嗎……？」

士道一臉苦澀地說，於是狂三「呼」地吐了一口氣。

「我不這麼認為。要是你當時沒有救折紙的父母，這個世界的天宮市勢必也早就被反轉的折紙毫不留情地踐踏了吧。這麼想來，現在這個狀況並非是『最糟糕』的……你不這麼認為嗎？」

「或……或許是這樣吧，可是……」

聽狂三這麼一說，士道支支吾吾含糊其辭。

狂三說的話也不無道理。想到在原本世界發生過的事，現在這個世界可說還算是和平。

不過……士道還是無法接受。他十分在意在他拯救完折紙的父母之後，折紙究竟遭遇到什麼事情。

或許是看見士道的表情，狂三嘻嘻嗤笑。

「我早就猜到你會這麼想了。改變一件事情的時候，我的確也非常好奇會如何改寫世界。」

「！那麼——」

話還沒說完，士道便止住了話語。因為狂三豎起一根手指抵在士道的嘴脣上。

「可……是……我人可沒好到那種地步。接下來可是要『另外付費』喲。」

狂三說完，揚起嘴角露出邪佞的笑容。那駭人的微笑令士道不禁倒抽一口氣。

「呵呵——」

看見士道的模樣，狂三聳了聳肩，再次在原地旋轉一圈。

「那麼，我就先告辭了。下次再見吧，士道。」

狂三留下這句話之後便消失在影子當中。

◇

「——所以……」

士道一回到家，以黑色緞帶司令官模式在家等候的琴里豎起含在嘴裡的加倍佳棒果棒，對他這麼說道。

「你會解釋這究竟是怎麼一回事吧，士道？」

琴里說完狠狠地瞪著士道。

琴里會這麼做的理由士道也十分清楚。是關於折紙的事。

五河家的客廳裡現在有三個人，一個是士道，一個是琴里，另一個則是手上已經拿著小型終端機準備完畢、一臉睡眼惺忪的女性——〈拉塔托斯克〉分析官村雨令音。

「連……連令音都來了。」

「……嗯。就當作我是來記錄的吧。如果你覺得不方便，我可以離開。」

「不，沒這回事……」

士道搔著臉頰如此說道。

從十香和四糸乃等一個精靈都沒有的情況看來，恐怕是吩咐她們在公寓裡等待吧。完全就是一副要來聽士道解釋詳情的模樣。

「好了，士道，你可以開始說了。」

琴里努了努下巴催促士道。

「好……好的……」

不過，士道被現場散發出來的氣氛所震懾，支支吾吾說不出個所以然。

早上為了請求〈拉塔托斯克〉幫助，士道確實說了等回家後再向琴里解釋詳細的情形。不過一旦面臨這種局面，士道便不知道究竟該如何解釋發生在自己身上的事。

接著，或許是察覺到士道的想法，琴里一臉不悅地用鼻子哼了一聲。

「……哼。該不會事到如今，你才跟我說不能告訴我吧？還是說，你擔心我是否能聽懂你說的話？你還真是瞧不起人呢。在你眼裡，我是那麼不可靠的司令官嗎？」

「不，我沒有這個意思。」

士道搖搖頭，琴里便有些鬧彆扭似的嘟起嘴脣，輕聲說道：

「……你就再依賴我一點嘛……哥哥。」

「…………！」

聽見琴里這麼對他說，士道猛然瞪大雙眼。

然後胡亂搔了搔頭，唉聲嘆了一口氣。

「……也對。抱歉啊，琴里。」

士道像是自我警惕般說道，接著微微低下頭道歉。

——他何必如此擔憂？琴里，士道眼前這名嬌小的少女明明是個遠比他聰明、堅強的女孩。

「妳可能會覺得很莫名其妙，但我接下來要說的話全都是真的。妳願意聽我說嗎？」

士道說完，琴里的表情瞬間明朗了起來。但她立刻抽動了一下眉毛，恢復司令官模式的表情點點頭。

「嗯，當然願意。」

看見琴里的模樣，士道露出一抹苦笑，然後開始訴說。

他曾經認識折紙這名少女。

折紙變成精靈，然後反轉破壞城鎮。

士道為了防止這件事發生，藉由狂三的力量讓時光倒流回到五年前，因為拯救了折紙的父母，改變了世界原本應該遵循的路徑。

然而，折紙卻以名為〈惡魔〉的精靈身分存在於這個世界上。

——大約說了十五分鐘吧。

士道坦蕩蕩地將自己經歷過的事告訴琴里和令音。

「……事情大概就是這樣。」

「…………」

士道交代完畢後，琴里低聲呻吟，輕輕點點頭。

「——改寫世界……原來是這麼一回事啊。我現在終於了解為什麼士道你從昨天開始就不太對勁了。」

琴里說完，將手抵在下巴。

「總之，我就姑且先相信你吧。我也想不到你有什麼理由對我說這種謊。再說——」

琴里對令音使了使眼色，於是令音輕輕說出：「……嗯。」操作手邊的終端機，將螢幕朝向士道和琴里。

「嗯……？」

士道探頭看螢幕，赫然屏住呼吸。

顯示在螢幕上的是站在高中頂樓的折紙反轉後的身影，畫面邊緣也能看見士道和狂三的身影。正是剛才士道經歷過的場面。

「這是——」

「沒錯。這是今天傍晚自動感應攝影機所捕捉到的畫面……為了搜尋鳶一折紙的情報，我派了幾架攝影機出去，沒想到竟然能看見這決定性的瞬間。」

琴里露出為難的神情，發出「唔嗯」的低吟聲。

「鳶一折紙是〈惡魔〉，這是不爭的事實。不過，她本人並沒有自覺……實際上，我讓令音分析了她的參數，她也不像在說謊。」

「那麼，果然……」

「對。鳶一折紙可能沒發現自己已經變成了精靈。」

聽見琴里說的話，士道倒抽了一口氣。

「有可能……發生這種事嗎？」

「雖然以前沒有發生過這種情況……既然有實際的例子出現，就無法否定這種可能性。但是不知道事情究竟是怎麼演變成這種狀態就是了。」

琴里說完，操作終端機的令音撫摸著下巴，輕聲嘆了一口氣。

「……我可以稍微發表一下意見嗎？」

「嗯？怎麼了，令音？」

「……嗯。這終究只是我提出的假設，算是推論吧。我聽了小士說的話後有個疑問。」

「疑問……？是什麼？」

令音聽了士道的問題，點點頭並繼續說：

「……小士成功改變了世界，而且所有人都不記得原本世界的事……對吧？」

「對。知道原本世界的，只有我和狂三。」

「……就是這一點。」

「咦？」

士道歪了頭表示疑惑，令音便豎起一根手指。

「……為什麼只有你和狂三記得原本世界的事呢？狂三可能是因為藉由自己的能力改變世界才擁有原本世界的記憶，但我不明白小士你為什麼會記得。」

「唔……」

聽令音這麼一說，還真有道理。士道過去總覺得那是因為自己是改變世界的罪魁禍首……但現在處於這裡的自己理應是從新建構的世界生活過來的。士道並不清楚為何自己沒有新世界的記憶，反而記得原本世界的事情。

「……要擁有原本世界的記憶，恐怕得符合某種條件。」

「條件……到底是怎麼樣的條件？」

「……詳細情形就不得而知了。如果把狂三摒除在外，可以參考的實例太少。不過，假設是『曾經被狂三用【十二之彈】射擊過』、『擁有靈力』……這類的條件，你覺得如何？」

「？這個嘛……」

士道露出困惑的表情，對面的琴里便發出「啊！」的一聲，瞪圓了雙眼。

「對喔，如果需要滿足複數的條件……那鳶一折紙被〈幻影〉賜予靈力的瞬間，有可能記起在原本世界所發生過的事，即使在那之前她擁有這個世界的記憶……！」
「啊……！」
透過琴里的說明，士道也終於恍然大悟。
「等……等一下，令音。妳的意思是說……那個反轉後的折紙，是『恢復原本世界記憶的折紙』嗎……！」
聽見士道說的話，令音靜靜地垂下雙眼。
「……我說過了吧，這終究只是我提出的假設，不過是有這種可能性罷了。但是……如果這麼想，一切就說得通了，這也是事實。」
「可……可是……來上學時的折紙很正常——應該說，是擁有這個世界的記憶的折紙喔。」
「……詳細情形必須問狂三才能弄清楚，但是有別於從一開始就保有原本世界記憶的小士，折紙擁有的是這個世界的記憶。但假如原本世界的記憶這項情報強制性地輸入折紙的腦海，究竟會發生什麼事呢……至少，我不認為會帶給記憶的宿主什麼好影響。是否能夠想成擁有這個世界記憶的折紙為了自我防衛，分裂出擁有原本世界記憶的折紙呢？」
令音繼續說：
「……而有可能喚起擁有原本世界記憶的折紙的關鍵就是——」
「——精靈的存在……對吧。」

琴里豎起加倍佳糖果棒說道。「……恐怕是這樣沒錯。」令音點頭回答：

「……從她對待在教室的十香沒有反應這一點看來，可能是只對靈力產生反應。如果真是如此……在她面前顯現限定靈裝十分危險。」

折紙的確是只在看見狂三的時候才變成了精靈。接著，殺死狂三之後，又立刻恢復成原本的折紙。

「不……不過……假如真是如此，到底該怎麼辦——」

「你在說什麼啊？」

士道發出顫抖的聲音說到一半，結果琴里毫不留情地打斷他。

「對方的確是最凶暴最邪惡的反轉精靈〈惡魔〉。不過反過來說，她雖然擁有強大的靈力，只要不符合特殊條件就不會變成精靈。」

「那是……」

士道說到一半，緊緊握住拳頭。琴里說的沒錯，逃避也於事無補。

「——雖然是異常的例子，但既然知道鳶一折紙就是〈惡魔〉，〈拉塔托斯克〉要做的只有一件事。」

琴里望向士道。

用不著說也能明白。士道抿起嘴唇點點頭。

〈拉塔托斯克〉的理念是以和平的手段奪去引發空間震的原因——精靈的力量。
為了達成這個目的，必須使用一個方法。
也就是——「和精靈約會，並使她迷戀上士道」。
琴里看見士道的反應，一臉滿足地點點頭，用手指夾起嘴裡含著的加倍佳糖果棒，猛力指向士道。
「……事情就是這樣。既然決定了，事不宜遲，明天就開始行動吧。士道，想辦法和折紙接觸，邀她去約會。最慢也要在這個星期內約到。」
「好……我知道了。」
就在這個時候，士道想起某件事，發出「啊」的一聲。
「？怎麼了？」
「我已經約好了……她說她這個星期六有空……」
「什麼！」
大概是士道的回答太出乎意料，琴里發出震耳欲聾的叫聲。
「這……這是怎麼回事啊？你在偵測結果出爐之前就對她展開攻勢了嗎？」
「沒……沒有啦……我並沒有對她展開攻勢……」
「……那你為什麼已經跟她說好要約會啊？」

「那是因為……」

士道回答不出來，琴里便目不轉睛地盯著他。

「哦……看來我需要問問看士道和鳶一折紙在原本的世界是什麼樣的關係了呢。」

「妳……妳幹嘛……」

琴里用宛如小貓在玩弄老鼠的手勢撫摸士道的下巴。面對這微妙的觸感，士道擺出一張鐵青的臉。

◇

「……啊啊啊啊。」

夜晚，折紙躺在自家床上，抱著長型枕頭滾來滾去。

理由很單純。因為她到現在才對自己今天的行為感到害羞不已。

雖然是對方先邀請自己，但她回覆對方的方式實在太過少女，再加上之前又在頂樓再次相遇。這種狀態，連自己都想吐槽自己「妳是哪部少女漫畫的女主角啊」。

——不過，折紙吐了一口氣後仰躺在床上，怔怔地凝視著天花板。

看見那名少年……五河士道的長相時，她著實嚇了一跳。

因為士道跟烙印在折紙記憶深處的少年——五年前挺身救折紙父母的他長得一模一樣。

所以折紙在看見士道長相的瞬間，內心才會湧起一股奇妙的感慨吧。

不對——不只如此。

當折紙聽見他的聲音……

聞到他的味道……

觸碰到他的手時……

——心中都產生一種難以言喻的情感。

那究竟是什麼感覺？絕對不會感到不舒服，不過是一種像是從裡頭搔動內心的奇妙感覺。

「……這該不會是……」

折紙輕聲說道。這份不知為何的情感，至今從未感受過的心情，難不成是——

就在這個時候，放在枕邊的手機響起收到簡訊的通知聲。

「……！」

聽見突然響起的電子音，折紙從床上彈了起來。

接著，讓呼吸平穩下來之後才伸手拿起手機，往螢幕一看，發現是士道傳來的簡訊。

「——！」

理解到這一點的瞬間，折紙的心臟開始猛烈跳動，連自己都感到莫名其妙。

不過，也不能繼續僵著身體。折紙深深呼吸了一大口氣後，操作螢幕看簡訊內容。

上頭寫著一段文章——為今天突然做出的邀約道歉、對於能再見面一事感到非常榮幸，還有星期六約定的地點和時間。

「哇！哇哇！」

折紙像是拿著燙手的石頭似的，用雙手來回滾動手機，然後慌張地在床上滾來滾去。

總之就是靜不下來。不過就是今天剛認識的男生傳了封簡訊過來，折紙卻慌張地暈頭轉向。

「……！對……對了，要回信——」

折紙手忙腳亂了幾十秒後才終於想到要回信，在手機輸入文字。

「……約定的地點和時間，我收到了。就回他這樣……」

不過，正當折紙要發送出去的時候，突然停止手的動作。

——回他這樣的內容真的好嗎？再怎麼說，不會太過簡潔了嗎？士道收到這封沒有花心思的制式回信會不會心灰意冷，取消星期六的約會呢……

「…………」

折紙一語不發地刪除文章，端正態度，再次打簡訊。

對士道簡訊裡的每一段文章都慎重地給予回覆，用充滿詩意的表達方式寫下士道開口邀約，自己感到很開心，真希望這個星期六趕快到來，以及一想到士道，內心就產生一種奇妙的心情等，可是——

「……未免太少女了吧！」

寫到一半時，折紙突然覺得很難為情，羞紅著臉再次刪除內容。

結果，折紙回覆士道的簡訊時，已經是午夜十二點之後的事了。

◇

十一月十一日，星期六。

士道一個人走在前往天宮車站前的路上。

天氣晴朗，空氣有一些冰涼，但陽光很暖和，實在不像是冬天即將來臨的氣候，是個非常適合約會的好天氣。

『——話說回來，你來得不會有點早嗎？約定的時間是十一點吧？』

琴里的聲音從戴在右耳的小型耳麥傳來。

這個耳麥能接收飄浮在距離士道所在地約一萬五千公尺上空的空中艦艇〈佛拉克西納斯〉所傳來的訊號，聚集在艦橋的船員們會輔助士道約會。

「不會……」

士道輕聲回答，同時瞄了一眼手機螢幕。十點十二分，距離約定時刻還有四十八分。
「依折紙的個性，就算已經來了也不奇怪。當然，這邊的折紙和我原本認識的折紙有些微妙的不同，我也說不準……但總比讓她久等好吧？」
士道說完，『這樣啊……』琴里透過耳麥發出別有含意的聲音回答：
『不過是同班同學而已──你還真是了解她呢。』
琴里用帶刺的語氣對士道如此說道。士道乾笑，額頭同時冒出汗水。
當士道被問到在原本的世界和折紙是什麼關係的時候，他回答是同班同學……但看來琴里似乎並不全然相信這個說詞。
「……說到底，我會和折紙認識還不是因為你們的關係。」
士道的臉頰抽搐了一下，並對耳麥嘀嘀咕咕地抱怨。事實上，雖然有五年前發生的那件事，但士道會開始和折紙頻繁地說話，全都起因於琴里提倡的「訓練」逼迫士道對折紙展開攻勢的關係。士道也已經事先將這件事告訴了琴里……
『啥，你在說什麼，我怎麼完全聽不懂。』
「唔……」
實際上，這個世界的琴里應該不記得自己說過那種話吧。士道緊咬牙根，不知該怎麼回嘴。
就在聊著這些話的期間，士道抵達了車站前的廣場。

他和折紙約好在車站廣場的噴水池前面碰頭。以前不得不和十香、狂三、折紙同時約會時，折紙和士道約定的地點也是在這裡。

「啊——」

士道踏進廣場後發出短短的聲音，當場停下腳步。

理由很單純。因為折紙早已出現在噴水池前。

話雖如此，士道並非因為看見折紙出現在那裡而感到吃驚。他一瞬間停下腳步的理由在於折紙的裝扮。

上半身穿著設計可愛的女用襯衫加上針織外套，下半身則搭配富有秋天氣息顏色的裙子。士道不由自主地被記憶中的折紙不太會穿的這種少女風格吸引了目光。

『士道？』

「……！喔……喔喔。」

聽見琴里的呼喚，士道猛然抖了一下。

『唉……前途堪慮啊。』

「抱……抱歉……」

『給我集中精神。我是不知道她在原本的世界是什麼個性，但至少現在站在你眼前的是狩獵精靈的〈惡魔〉喔。要是你疏忽大意，不知道會發生什麼事。就當作是面對時崎狂三一樣，攻下她的芳心吧。』

琴里提醒士道。士道深呼吸好讓心跳鎮靜下來，然後點了點頭。

「嗯，我知道。」

『很好。』

琴里吸了一大口氣後說：

『好了——開始我們的戰爭（DATE）吧。』

宣言作戰開始。

士道同時再次移動停止的腳步，走向噴水池。

接著，可能是發現了士道，站在噴水池前面的折紙突然抬起頭，露出驚訝的表情。

「五河同學？你來得真早呢。」

「哈哈……我們彼此彼此吧。」

士道說完，折紙看了一下聳立在廣場上的時鐘，一副難為情的樣子縮起肩膀。

「那個，我想說不能讓你久等。」

「是啊，其實我也是這麼想的。」

士道如此說完，折紙便將一雙眼睛瞪得圓滾滾的。然後，兩人不約而同地笑了。

「今天謝謝你邀請我出來，五河同學……不過，那個，說來丟臉，我沒有跟男生單獨出去過，可能會有做得不周到的地方。」
「別……別這麼說，我也沒有那種經驗啊。」
聽到折紙說的話，士道搖了搖頭。結果右耳的耳麥響起琴里的聲音吐槽這句話。
『都攻下那麼多精靈的芳心了，還真敢說呢。』
「妳……妳很煩耶。」
「？你有說什麼話嗎，五河同學？」
折紙納悶地歪了歪頭。於是士道連忙回答「沒有，我什麼也沒說」蒙混過去。
「話說……我們是同班同學，說話就別那麼客氣了。」
「可是……」
「妳想嘛，這樣我也比較放鬆，拜託啦。」
士道說完，雙手合十懇求折紙。折紙一臉困擾地將眉毛皺成八字形，但不久便點點頭答應。
「我明白……那個……OK，沒問題。」
折紙看似不習慣地說道。聽到好久沒聽見的語氣，士道不禁莞爾一笑。
「哈哈……折紙還是得這樣才行呢。」
「咦？」
聽見士道說的話，折紙發出錯愕的聲音。這時，士道才發現自己跟前幾天一樣，下意識地叫她「折紙」。

「啊……抱歉。不小心就會直接叫出妳的名字呢。因為……該怎麼說呢，這名字很好聽。」

士道說著打馬虎眼。這句話所言不假，但實際上，主要的理由在於他在原本的世界就這麼叫的關係。本來士道是稱呼她為鳶一，但不知不覺間就習慣叫她的名字了。

折紙看來有些心神不定的樣子，但似乎並不感到嫌惡。她揚起嘴角綻放笑容。

「謝謝你。這名字是爸爸媽媽兩個人一起幫我取的。」

「原來是這樣啊……」

聽見爸爸和媽媽這兩個詞彙，士道感覺到一股複雜的情緒在心中蔓延開來。

不過，折紙並沒有察覺到士道的思緒，稍微移開視線並開啟雙脣：

「所以，如果五河同學你想這麼叫我，就這麼叫我——沒關係。」

「咦？」

「那個，可以叫我折紙。」

折紙臉頰微微泛紅。看見折紙的模樣，士道不禁心頭小鹿亂撞。

『士道，你幹嘛不說話啊！難得對方主動對你釋出好感。』

「啊——」

琴里在耳邊發出聲音，士道連忙接話：

「謝……謝謝妳……折紙。」

到剛才為止還能自然脫口而出的名字，一旦正式獲得同意，要叫反而覺得有些害羞。士道和折紙一樣，將視線微妙地避開對方的眼睛如此說道。

「嗯。」

「啊……那麼，妳也叫我士道就好。要不然就不公平了。」

「咦？」

士道說完後，折紙一臉意外地瞪圓了雙眼。然後，有些吞吞吐吐地發出聲音：

「士——……」

不過，說到一半卻止住了話語，心神不定地搔了搔臉頰。

「……可以等我們更熟之後再叫嗎？」

「咦？喔喔，當……當然可以啊。」

士道點頭說完，兩人在數秒內陷入了沉默。

『士道，對話中斷不太好。說什麼都行，不要讓場面尷尬。』

琴里下達指示。她說的確實沒錯。士道在腦海裡尋找話題，開口說道：

「我說啊……」

「那個……」

然而，發出的聲音卻與折紙重疊在一起。一股奇妙的羞恥感朝兩人襲來。

率先打破這個狀態的人是折紙。她將視線移回士道身上，詢問他：

「對了，五河同學，我們今天要做什麼呢？」

「咦？」

「對不起。因為我只聽說時間和碰面地點而已。」

「喔……喔喔，說的也是呢。今天──」

士道說到一半，右耳傳來久違的那個聲音。

飄浮在天宮市上空一萬五千公尺的空中艦艇〈佛拉克西納斯〉的艦橋上，如今有一群〈拉塔托斯克〉的菁英坐成一排。

他們是一群從全國精挑細選出來的戀愛大師，在琴里的指揮之下輔助士道。所有人全都保持著理想的緊張狀態，盯著設置在艦橋的巨大主螢幕。

顯示在主螢幕上的，是從自動感應攝影機傳來的地上的影像。宛如模擬士道的視點般，映照出這次的目標人物鳶一折紙的上半身影像，周圍顯現出其他攝影機捕捉到的其他角度的影像以及各種參數。

然後——現在就在折紙發問的瞬間，艦橋響起「嗶叩！」的聲音，一道視窗展開在螢幕上。

「選項出現了……！」

琴里坐在艦橋上層的艦長席，不停上下晃動著嘴裡的加倍佳糖果棒，並且拍了拍膝蓋。

〈佛拉克西納斯〉所搭載的ＡＩ會偵測出對象情感數值的波動，以三個選項的方式呈現此刻士道應該採取何種行動。

①「其實，我有一部電影想和妳一起看。」去電影院看愛情片。

②「我想說和妳一起去買東西。」開心地購物去。

③「我們就別拖拖拉拉的吧。」直接上賓館。

「全體人員，開始選擇！」

船員們聽從琴里的號令，同時按下手邊的按鈕。

於是，主螢幕立刻顯示出統計結果。

最多人選擇的是——②號選項。

「唔……②號啊。是最安全的選項呢。」

琴里撫摸著下巴說完，位於艦橋下方的船員〈迅速進入倦怠期〉川越立刻大聲說道：

「①號選項也難以割捨呢，不過一開始就進入需要保持沉默的空間會令人感到不安呢。」

緊接著，〈保護觀察處分〉箕輪開啟雙唇表示同意：

「關於這一點，②號選項的用途就十分廣泛，也能順便觀察對方，是個適當的選項吧。而且沒有女孩子會討厭買東西。」

所有人點頭表示沒有異議。其中，〈詛咒娃娃〉椎崎的臉頰淌下一道汗水。

「……話說，為什麼會突然出現③號選項啊……」

「這就得問〈佛拉克西納斯〉的ＡＩ了呢。」

琴里聳聳肩說道。其實以前攻略十香的時候，琴里也曾經把士道和十香引導到有休息服務的賓館去，但那是因為十香是不了解人類世界的精靈才有辦法做到（說個題外話，要是士道想做比接吻更深入的行動，扮成清潔人員的機構人員將會衝進房間阻止）。

不過，這次的目標人物是原本身為人類的精靈。換句話說，對方知道「那個」設施的用途是什麼的可能性非常高，要是一開始約會就打算帶女生去那種地方，就算挨一記耳光也無話可說。

琴里拉過麥克風，向士道下達指示。

「士道，答案出來了。是②——」

『——等一下。』

不過，士道壓低聲音以免被折紙聽見，打斷琴里的話。

「怎麼了？」

『……我有想試試看的選擇。』

「咦？」

聽見士道一反常態的認真聲音，琴里不禁瞪大了雙眼。因為這是士道第一次說出這種話。

可是，琴里馬上就察覺到這次的精靈──鳶一折紙這名少女的特殊性。

據士道所說，現在的這個世界是根據五年前發生的事情而分歧出來的世界──聽說在其他可能性的世界，士道和折紙的關係曾經很親密。

既然如此，就算士道知道琴里等人沒有掌握到的折紙的興趣嗜好也不奇怪。

琴里思考了一會後，彈了一下加倍佳糖果棒。

「──好吧。這次就特別破例，選你想選的選項吧，士道。」

『…………』

琴里說完，士道一語不發地輕輕敲了耳麥表示了解。

於是，主螢幕的視線朝向折紙。

『吶，折紙。我想去一個地方，可以嗎？』

『嗯，可以啊。』

折紙點頭，和士道一起走在路上。

不知走了多久，士道突然停下腳步。

『咦？』

折紙抬頭仰望眼前的建築物，露出目瞪口呆的表情。

但那也是無可奈何的事。因為士道帶折紙來的地方，是招牌上寫著過夜和休息費用，有如城堡的建築物。

頓時間艦橋內響起了尖銳的警報聲。同時，看著個人螢幕的〈社長〉幹本和〈穿越次元者〉中津川驚聲大叫：

「心情數值起伏不定！」

「鳶一折紙！內心感到動搖！」

「這不是廢話嗎！你在想什麼啊，士道——————！」

琴里大喊後，將麥克風拉到身邊。

「士道！在折紙生氣之前想辦法蒙混過去！」

『咦？呃，可是……』

「少囉嗦，在事情無法挽救之前快照做！」

琴里說完，士道一瞬間露出猶豫的表情，然後面帶微笑對折紙說：

『來，往這邊走，這邊。』

『啊……原來不是這裡啊。』

折紙安心地鬆了一口氣。

『當……當然不是啊。好了，我們走吧。』

『嗯……嗯。』

士道帶著折紙經過賓館前面。這時，響個不停的警報聲才終於停止。

「唉……真是的，士道你到底在想什麼啊？第一次約會就突然去那種地方，女生肯定會嚇到的啊！」

琴里擦拭著額頭的汗水說完，士道便露出不解的神情小聲回答：

『抱歉，我以為折紙絕對會喜歡這裡……』

「說這什麼莫名其妙的話啊。」

琴里不明白士道以什麼為根據把折紙和賓館聯想在一起。她的臉頰抽搐了一下，回答：

「總之，選②號。去購物吧。」

『……了解。』

士道點了頭，開始對折紙說明接下來要一起去購物。

琴里透過主螢幕看著這幅情景，開口對艦橋下方的船員說：

「所以，折紙的好感度現在如何？希望不要下降太多……」

「這……這個嘛……」

琴里問完，中津川便露出一副困惑的神情推了推眼鏡。

「雖然心情數值之前起伏非常劇烈……但好感度完全沒有下降……不對，不僅如此，甚至還有點上升……？」

「你說什麼？」

聽見中津川說的話，琴里發出疑惑的聲音。

士道和折紙穿過小巷子，直接走在大街上。

半路上，折紙突然說了：

「所以，我們要去哪裡呢？」

「喔喔，我想說去買東西。」

士道回答後，折紙歪了歪頭。

「要買什麼？」

「啊……呃……」

這麼說來，他還沒決定要買什麼。士道搔搔臉頰，同時動腦筋思考。

『等一下，選項出現了。』

右耳的耳麥響起琴里的聲音和高聲朗讀選項的自動聲音。

艦橋的主螢幕上顯示出三個選項。

①在複合式精品店幫她搭配服裝。

②在寵物店和動物玩耍，拉近兩人的距離。

③去後巷販售有一大排強效壯陽藥和春藥的藥房。

「全體人員，開始選擇！」

琴里吶喊後，螢幕上便立刻顯示出統計結果。最多人選擇的是①號選項，②號選項則以些微的差距得到許多票數。果然沒有人選③號選項。

「①啊，我也認為最好選擇①號。」

船員們回應琴里的聲音：

「算是很妥當的選擇吧。」

「②也不錯，但不一定所有人都喜歡動物。」

「……話說，這個③號選項是怎樣？未免也太特殊了吧……」

川越皺著眉頭說道。確實只有一個選項性質截然不同，真是搞不懂AI的想法……需要來一場大規模的維修嗎？

「士道，聽得見嗎？這裡應該選①——」

不過，琴里說到一半的時候……

『不對，怎麼想都應該選③吧。』

士道以一副理所當然的語氣從耳麥的另一頭發出聲音。

「什麼？」

聽見士道說的話，琴里不由得皺起眉頭。

「你在說什麼啊，士道。冷靜一點，這很明顯不是花樣年華的女生會去的地方吧！」

『不過，妳想嘛，她可是折紙耶……』

「這話是什麼意思啊！」

真是莫名其妙。琴里語帶哀號地大聲說道。

『問我什麼意思……說到折紙就想到壯陽藥，說到壯陽藥就會想到折紙啊。』

士道以一副像是在述說常識的語氣說道。由於他的態度太過光明正大，琴里無奈地把手放在頭上。

「不，等一下，我真的搞不懂你說的意思。士道所認識的『鳶一折紙』，究竟是個什麼樣的女孩子啊？」

『咦……？就是會讓我喝用各種壯陽藥熬煮而成的液體，家裡會安裝防止逃亡用的機關，要是揹她就會舔我後頸的女生啊……』
「什麼！你是在耍我嗎？怎麼可能有這種女孩子啊！」
『就……就是有啊……』
士道一臉為難地皺起眉頭。看來他並不是在開玩笑，而是真心這麼說的。
就在這個時候，琴里想起剛才爲一折紙好感度的變化。
雖然折紙對那個令人大感意外的選項產生動搖，但是她的好感度卻沒有因此下降。這搞不好代表……
琴里花了兩秒整理思緒後哼了一聲，吐出一口氣息。
「……好吧，你就試試看吧。」
「司令！」
艦橋下方傳來感到意外的聲音。不過，琴里凝視著主螢幕繼續說：
「但是如果好感度有一點點下降，或是心情數值呈現不安定的狀態，就必須馬上改成執行①號選項。知道了嗎？」
『嗯，沒問題，我知道了。』
士道如此回答，便帶著折紙走進巷弄。

「——好，我記得是在這裡。」

「咦？」

士道在位於小巷子裡的藥房前停下腳步後，折紙便吃驚得瞪大了雙眼。

不過那也是無可奈何的事。乍看之下，只像是一棟進駐了各式各樣商店的大樓，但是進入大樓走上二樓後，便出現一間內部裝潢宛如鬼屋的藥房。若只是平常地過生活，恐怕不會發現這樣的私房地點。要不是士道在原本的世界從折紙那裡得知這家店的存在，他甚至無法找到這裡吧。

店裡擺滿了密密麻麻的瓶瓶罐罐，瓶子上的包裝鮮少在一般藥房看見。標籤上寫的文字也顯然不是國語，充滿了詭異的氣息。

「這裡……是什麼店啊？」

折紙一臉疑惑地問了。不過，士道實在說不出「妳不是常來嗎」這句話，含糊其辭地隨便帶過了。

「反正，我們就稍微逛一下吧。要是不滿意就再去別家。」

「唔……嗯……」

折紙擺出一副納悶的模樣，望著並排在店裡可疑的藥瓶。不過，她似乎看不出那是什麼東西，偶爾會疑惑地歪著頭……果然她的興趣跟士道以往所認識的折紙不同嗎？

如果真是如此，或許按照琴里所說的早點改變方針比較好。士道記得琴里的指示好像是去看折紙的衣服吧？如果對方是正常的女孩子，這個選項無疑是正確解答。

「五河同學。」

就在士道思考著這種事情的時候，折紙開口了。

「我……好像還是看不太懂這是在賣什麼呢。要不要去別的地方？」

「喔……好，說的也是。總覺得對妳很抱歉——」

不過就在這個時候，士道止住了話語。

理由很單純。雖然折紙看了店裡擺放的物品，將眉毛皺成八字形露出困惑的表情，但是……不知不覺間，她的手裡卻提著購物籃，而裡面還裝滿了店裡看似藥效頗強的壯陽藥和春藥。

「折紙，那是……？」

「咦？」

士道指向購物籃後，折紙宛如現在才察覺到似的猛然瞪大雙眼。

「這……這是……我真是的，到底是什麼時候拿的……？」

折紙按住額頭，像是突然站起來而感到頭暈一樣搖晃著身體。

「妳……妳沒事吧？」

士道慌慌張張地支撐住折紙的瞬間，耳麥傳來尖銳的警報聲。

『士道！折紙的心情數值呈現非常大的波動！』

「總……總之，我們先出去吧！好嗎！」

一聽到琴里的聲音，士道便帶著步履蹣跚的折紙走出店。

過了一會，折紙才終於恢復平靜。

「抱歉，五河同學……真不知道我到底是怎麼了。」

「沒……沒關係，妳不用在意。我才是，抱歉帶妳去那種地方。對了，如果妳不介意，我們接下來去看衣服吧。」

士道說完，折紙點頭答應。

然後，兩人再次並肩走在路上。

然而，士道這時搔了搔臉頰。去看衣服是很好啦，但他不知道折紙平常都去逛什麼樣的店。記得在原本的世界，折紙都是利用網路購買便服。

「話說回來，折紙妳平常都在什麼樣的店家買衣服啊？」

「唔……大概都在家附近買吧。」

折紙說完，有些難為情地露出苦笑。

「其實我也想再講究一點……但我實在不擅長搭配服裝，因為我沒什麼品味。」

「才沒這回事呢。像妳今天穿的衣服就很可愛啊。」

「……！」

士道說完後，折紙立刻露出吃驚的表情並別過臉。

「折紙？」

「沒事……什麼事都沒有。別……別管我了，如果要看衣服，雖然要稍微繞回原路，但我可以去車站大樓那邊看看嗎？其實我不怎麼常去那裡。」

「嗯，當然可以啊。」

士道點頭回應折紙說的話。兩人穿過小巷，走在大街上，朝車站的方向前進。

『哦……一時之間我還以為會怎麼樣呢，氣氛看來不壞嘛。』

半路上，右耳響起琴里的聲音。

『好感度的數值也非常高喔。順利的話，搞不好今天之內就可以達成目的。但是，你可別疏忽大意了。不知道什麼原因，她的心情數值會突然產生劇烈的變化。不要太常刺激她。』

「了解……」

士道輕聲回答，繼續前進。

不久，兩人來到聳立在車站前的雙子大樓。也許因為今天是假日，建築物內人聲鼎沸，充滿了購物人潮。

士道和折紙搭乘手扶梯來到三樓，走進外觀看起來十分時尚的複合式精品店，開始多方物色

排列在店裡的衣服。

『我說，士道，別光是看了。』

琴里不耐煩似的說道。士道發出「啊」的一聲，挑了一下眉毛後，對撫摸著大衣毛皮的折紙說道：

「難得有機會出來逛街，我送妳一套衣服吧。妳喜歡哪一套？」

「咦？」

折紙露出感到意外的表情瞪大雙眼。

「這怎麼行，太不好意思了……而且，價錢也滿貴的。」

折紙壓低聲音，將大衣的價格標籤翻給士道看。三萬九千八百圓……對男高中生來說，實在負擔不起這個價錢。

不過，現在的士道有〈拉塔托斯克〉當靠山。士道「啪」地拍了胸脯。

「儘管挑吧。」

「可是……」

「不過，妳穿上那套衣服時，可要第一個給我看喔。就當作是對我表達的謝意。」

士道如此說完，折紙便難為情似的露出苦笑。

「五河同學，你還滿常惹女孩子哭的吧？」

「咦？為……為什麼這麼說？」

「總覺得，你好像很老練呢。」

折紙如此說完，瞇起眼睛戲弄士道。士道的臉頰流下汗水。

「喂……喂喂……」

接著，折紙莞爾一笑。

「呵呵，我鬧你的啦。那麼，我就不客氣嘍。不過，機會難得，我可以再稍微到處逛逛嗎？既然條件是要第一個穿給你看，我就得挑選你會喜歡的衣服才行呢。」

折紙以開玩笑的語氣說道。

「嗯，可以啊。」

士道點點頭後，折紙便踏著輕盈的腳步在店裡逛了起來。

『呵呵……她說你很常惹女生哭耶。被看穿了呢，士道。』

「妳就饒了我吧……」

士道語帶嘆息地回應右耳響起的琴里的聲音。

『我又沒說這樣不行。當然，如果表現出很擅長對待女生的樣子也不好，不過，我想你應該沒問題吧。』

「……妳這是什麼意思啊？」

『因為不管怎麼做，都難以消除你身上散發出來的童子雞味。』

「抱歉，當我沒問。」

士道兩手捂住臉龐，做出潸然淚下的姿勢，接著便聽見琴里唉聲嘆氣的聲音。

『重點是，你可別放著折紙不管啊。』

「啊……對喔。」

經琴里這麼一提醒，士道環顧四周。但是折紙究竟跑到哪裡去了呢？遍尋不著她的身影。

「奇怪……跑到哪裡去了？」

『看吧……令音，折紙的位置在？』

『……嗯，在小士所在地約二十公尺後方。』

耳邊傳來令音回應琴里的聲音。身為〈拉塔托斯克〉分析官的她也在〈佛拉克西納斯〉裡輔助士道。

「不好意思，謝謝妳。」

士道說完，按照令音所說的走向後方。

於是便發現前面有一間用布簾隔成的試衣間。

「喔喔，什麼嘛。原來是這麼一回事啊。」

士道恍然大悟地點了點頭。原來如此，難怪不見折紙的蹤影。看樣子她已經選好衣服，正在試穿了。

士道看著陳列在附近架上的商品隨便打發時間，等待折紙出來。

然而——

「——呀啊啊啊啊啊！」

試衣間突然傳出折紙的尖叫聲，士道因此屏住呼吸。

「發……發生什麼事了，折紙！」

「我……我……我怎麼會選這種……」

士道呼喚折紙後，布簾另一頭便傳來折紙點綴了戰慄的聲音。

士道有一股不祥的預感。他下定決心，把手伸向布簾。

「抱歉，折紙！我要打開嘍！」

「咦……？啊，不……不行，五河同——」

士道不顧折紙的制止，打開布簾。

「……咦？」

然而，士道看見折紙的姿態，露出目瞪口呆的表情。

不過那也理所當然。因為無力癱坐在試衣間的折紙現在身上穿著學校泳裝，頭上還戴著狗耳髮箍，屁股裝了狗尾巴配件，脖子則是戴著皮製項圈。想必無論是誰都會在一瞬間愣住吧。

「折……折紙……？妳這副打扮……」

士道話說到一半，赫然抖了一下肩膀。

「難不成，妳所謂的我會喜歡的服裝是……」

士道臉頰流下汗水說著，折紙便使勁地搖了搖頭。

「你……你不要誤會！我……這種──這種衣服……！」

折紙表現出混亂的模樣，骨碌碌地轉著眼珠，就像她也不明白為何自己會打扮成這副模樣。

「我沒有印象自己拿了這種服裝，到底是什麼時候……！為什麼我會穿著學校泳裝──」

折紙說著，突然感到頭痛似的皺起臉。

「學校泳裝……狗耳朵……唔，我的頭……」

然後一臉痛苦地如此說道。在她按住頭的瞬間，耳麥響起「嗶！嗶！」的警報聲。

『士道！折紙的心情數值！』

「折……折紙！總之妳先換衣服，我們到別家店逛吧！好嗎！」

士道驚慌失措地大喊後，再次拉上試衣間的布簾。

「……對不起喔。難得你約我出來，我今天好像有點不對勁……」

離開店家後過了約二十分鐘。折紙在位於同一棟大樓的高樓層餐廳，用手抵著額頭說了。

「別在意啦。約妳的人是我。如果妳身體不太舒服，今天就早點回家吧？」

士道表現出擔心折紙的模樣如此說道。不過，折紙搖了搖頭。

「不對，我並不是身體不舒服。只是——」

「只是？」

「……沒事。總之，我不要緊。對不起喔，讓你擔心了。」

折紙敷衍帶過，臉上露出苦笑。士道依然憂心忡忡地望向折紙，但或許是打算尊重折紙說的話，並沒有再追究下去。

「…………」

折紙避免讓士道發現，輕聲嘆了一口氣。

和士道一起漫步在街上並不會無聊。不僅如此，折紙十分開心，已經好久沒有如此激昂的心情了。

然而，偶爾……會有一股奇妙的感覺朝她襲來。

就連她自己也不清楚是什麼原因，不過，當她在角色扮演服裝店看見標新立異的服裝，甚至讓她萌生「這種東西到底要在什麼時機穿啊」的想法時，內心會湧起一股波濤洶湧般的衝動。

宛如——自己過去曾經穿過那種服裝一樣。

當然，不可能發生這種事。學校泳裝加狗耳、狗尾巴、項圈這種頭腦有問題的裝扮，折紙一輩子也沒有穿過。就算有人拿槍指著她，跟她說「如果不穿上這套衣服，我就開槍射妳」，她也會猶豫一下子。這種裝扮就是如此猥褻。如果不是神經有問題，沒有人會樂意穿上這種衣服吧。

不過，不只如此。被士道帶去販賣可疑藥品的店家時也是這樣。當時，折紙不知不覺拿起購物籃，還以流利的動作將擺放在架上的藥瓶扔進籃子裡，甚至一瞬間懷疑自己的錢包裡是否有那家店的集點卡。

「我……有去過那家店嗎……？」

「咦？」

士道對折紙的呢喃做出反應。

結果，剛才點的食物正巧在這個時候送來。折紙望向送來的食物，試圖將自己說出的話蒙混過去。

「好了，五河同學，我們趁熱吃吧。」

「嗯？喔……好。」

聽見折紙催促，士道拿起湯匙開始吃蛋包飯。折紙也動手品嚐她點的海鮮焗烤料理。

不知經過了多久，士道將蛋包飯吃完一半的時候，突然壓住右耳站了起來。

「抱歉，我馬上回來。」

「啊，嗯。」

他到底是怎麼了呢？話雖如此，就算問出原因又能如何。折紙微微點點頭，望著士道離去的背影。

於是，等士道的身影完全消失在視野之後，折紙嘆了一大口氣。

「唉……我今天是怎麼回事啊？」

難得士道邀自己出來，這樣下去對他太不好意思了，得打起精神才行。折紙放下湯匙，輕輕拍了拍臉頰好讓自己振作起來。

然而，就在這一瞬間──

「啊──」

折紙的視線捕捉到某種東西。

才剛下定決心，一股內心扭曲的感覺又立刻朝她襲來。

折紙看見的東西是──

「五……五河同學的……湯匙……」

沒錯。用餐途中離開座位，也就是代表使用過的湯匙放在桌上。

折紙感受到心臟以猛烈的氣勢急速跳動。

「不……不不不，我在想些什麼呀……」

她連忙用另一隻手制止伸向前方的手。再怎麼樣都不能做出那種事，要是真的做了就是名副其實的變態，會立刻引起警察關切。

然而，雖然有這樣的自覺，折紙的右手還是強而有力地伸向了前方，彷彿折紙的體內有另一名折紙強制操控自己的身體那種感覺。

「唔……鎮靜下來啊，我的右手……」

就算這麼說也完全沒有效果。

隨後，折紙感到一陣頭暈目眩，總覺得已經搞不清楚是非對錯是什麼了。對錯的基準隨著時代逐漸變得曖昧不清，能責備折紙這種行為的人是否真的存在？不，並不存在（倒反法）。再說，所謂的錯誤又是什麼？折紙此刻不行動才是違反宇宙的法則吧。哲學家小折折．鳶一曾經說過：雖然沒有人能證明我的存在，但我舔拭士道的湯匙這個事實確實就存在於這裡。也就是說，我舔故我在。

折紙在朦朧的意識中感覺到制止右手的左手逐漸放鬆力量。

「喔，抱歉啊，折紙。讓妳久等——」

從廁所回來的士道在桌子前方停下了腳步。

理由很單純。因為士道恰巧看見折紙拿起他的湯匙，露出無比淫蕩的表情伸出舌頭的場面。

「折……折紙……？」

士道呼喚折紙後，折紙這才像是發現士道的存在般猛然抖了一下肩膀。宛如被某人附身的迷茫雙眸閃爍出光芒後，臉上旋即冒出冷汗。

「不……不是的！這是……你誤會了！」

雖然不知道是哪裡誤會了，不過折紙露出慌張的模樣高聲否認。

「那……那個，沒關係啦……反正我已經習慣了。」

「聽我解釋！你真的誤會了！對……對了，是這樣的！當我正想站起來的時候，發現五河同學你的湯匙掉在地上！所以我才把它撿起來！」

折紙哀求似的對士道吶喊，發出喀噹一聲當場站了起來。

結果產生的衝擊令放在桌上的水杯劇烈搖晃，朝士道的方向倒下。開水濺到士道穿著的襯衫衣襬。

「哎呀……」

「啊！對……對不起，我一慌張就──」

「哈哈，噴到一點水沒關係的啦，應該馬上就乾了。」

士道出言安慰感到過意不去的折紙，然後抓起襯衫衣襬輕輕擰乾水分。這個時候，士道的肚

臍若隱若現。

於是，下一瞬間——

「——！」

折紙以迅雷不及掩耳的手法從口袋拿出手機，隨後以流暢的動作將鏡頭朝向士道的肚臍，連續響起快門聲。

「咦？」

「啊！」

士道驚訝得瞪大雙眼，不知為何折紙也同樣露出驚愕的表情，宛如身體不聽使喚，擅自採取行動似的。

「相信我，五河同學……！我……我的身體自己……！」

折紙淚眼婆娑地傾訴。不過，她的手指在這段期間仍然不斷按下快門。

「——為什麼！為什麼啊啊啊啊！」

折紙帶著哭腔的聲音和不絕於耳的快門聲響徹午後的餐廳。

第十章　降下星辰的夜之天使

時間是下午六點三十分。到了十一月，太陽也提早下山，城鎮已陷入深沉的黑暗。

白天和煦的溫度宛如幻夢一般，空氣冰冷，只要吐出氣息就會化作淡薄的煙霧消散而去。寒冷的風搖曳著樹木，捲起落葉後穿過天空。

士道和折紙兩人在四周響起冬天的腳步聲時，來到了能將整座城鎮一覽無遺的高地公園。因為〈佛拉克西納斯〉下達指示說約會要在氣氛浪漫的地方迎接尾聲。

從公園的外圍可以眺望點點繁星。不過美中不足的是，地上閃爍的燈光比掛在天上的星星還要多。

「到了這個時間，果然還是會有點冷呢。」

士道說完，眺望著夜景的折紙微微點了頭。

「嗯，白天的時候很溫暖，所以就大意了。早知道就帶手套來了。」

折紙說完，苦笑著做出摩擦雙手的動作。

白天做出許多脫序行為的她好不容易恢復理智……雖然之後她也在不知不覺間將手機的鏡頭

對著士道、聞士道後頸的味道，或是明明手裡沒拿東西卻做出把東西倒進士道喝過的水杯裡的動作……不過士道並沒有太在意。據說那全是類似身體因為條件反射所做出的動作。該怎麼說呢，折紙果然還是折紙呢——士道發現自己內心某處鬆了一口氣。

「哈哈……就是說啊。啊，對了，去那邊的自動販賣機買個罐裝咖啡還什麼的——」

正當士道打算提出意見時，右耳傳來琴里的聲音。

『——喂，不對吧，士道。女生在說她的手很冰耶。』

「…………」

士道一語不發，視線游移了一會後下定決心似的點點頭，將自己的手交疊在折紙的手上。不知是緊張還是寒冷的關係，士道的手也微微顫抖著。

「咦——」

折紙一瞬間驚訝得目瞪口呆。不過，或許是立刻察覺到士道的意圖，她紅著臉微微低下頭。

『呵呵呵，感覺不賴嘛，好感度也不差。搞不好今天之內就可以達成目的嘍。不過，要確實封印，似乎還需要多加把勁呢。』

琴里發出「唔嗯」一聲低吟道。於是，令音的聲音從耳麥響起，回應琴里說的話。

『……是啊。她的心中似乎還有迷惘。這個反應……類似不安呢。可能是害怕小士會不會接受自己吧。』

『不安啊……畢竟她做出了一堆奇奇怪怪的舉動嘛……』

琴里乾笑著如此說道。

『不過如果是這樣，事情就好辦了。只要消除她的不安就行了吧？』

「……是沒錯啦……但是要怎麼消除啊？」

士道輕聲問道，於是琴里從鼻子冷笑了兩聲。

『那還用問嗎？折紙因為不曉得你會不會接受她而感到不安吧？那麼，就告訴她你會接受她不是最快的方法嗎？』

「也就是說……」

『只能對她做出愛的告白了。』

士道隱約猜想到了。他的臉頰流下一道汗水。

他想起在原本的世界曾經對折紙告白的事。回想起來，那也是琴里以訓練的名目，指示他向折紙告白。

這麼說來，原本世界的折紙開始積極接觸士道也是在他向折紙告白過後。這個折紙是否也會這樣呢？

正當士道思考著這種事情的時候，傳來琴里催促的聲音。

『你還在猶豫什麼？這可是封印狩獵精靈〈惡魔〉千載難逢的好機會耶。要是錯過今天，在下次機會來臨之前可能會有其他精靈遇害。』

「唔——」

琴里說的確實沒錯。

在士道還沒下定決心的狀態下對折紙甜言蜜語，實在是太不誠實了。不過，要是不在此時封印折紙，或許還會出現受害者。那可能會是像十香她們已經遭到封印的精靈，也可能是尚未出現的精靈，或者——也可能是折紙本身。

唯獨這一點，士道無法容許。

士道深深呼吸了一口氣後，依舊握著折紙的手面向她。

「我說——折紙。」

「什麼事，五河同學？」

「那個……我有話想跟妳說。」

士道如此說完，折紙便一臉誠懇地回望士道的眼睛。

與折紙互相凝視的瞬間，士道發現自己的心跳聲愈來愈大。

像這樣注視著折紙的臉龐，士道再次體會到她有多麼可愛。散落在額頭的劉海、點綴著長睫毛的澄澈雙眸，以及一旦觸碰到，心似乎就會被奪走的櫻花色唇瓣——竟然曾經被這樣的少女愛慕過，原本世界的士道前世是修了什麼福啊——士道的腦海掠過這種想法。

不過，總不能一直沉浸在感慨之中。士道嚥下一口口水，心想必須消除盤踞在折紙內心的不安，正想開啟雙脣的時候——

在士道開口說話的前一刻……

「其實，我也有話……必須跟五河同學說不可。」

折紙靜靜地如此說道。

「有……有話必須跟我說……？」

告白的時機無意間被錯開，士道反問折紙。

於是，折紙猶豫地別開視線一會後，緩緩開啟雙脣：

「你知道我曾經待過ＡＳＴ——陸自的對抗精靈部隊吧。」

「嗯……我知道。」

「可是，我不久前離開了ＡＳＴ。」

「這件事……」

士道含糊其辭。他已經從琴里那裡得知折紙離開ＡＳＴ的事了，但要是士道知道這件事未免太過不自然。

「這樣啊……莫非是像之前那樣，因為貧血失去意識的關係嗎？」

士道說完，折紙突然垂下雙眼。

「嗯。那也是原因之一。畢竟對操作危險武器的工作來說，那是致命性的症狀。不過——好像是從出現了那種症狀之後吧，我開始搞不清楚了。」

「搞不清楚？是指什麼事情……？」

士道說完，折紙尷尬地露出苦笑。

「……明明打倒造成空間震的精靈是ＡＳＴ的工作……我卻開始懷疑這麼做真的沒錯嗎。」

「什——」

士道不禁啞然無言。

這也難怪。因為說到士道過去所認識的折紙，就是個憎恨精靈、以殺死精靈為唯一目的而活著的少女。

果然是因為雙親並沒有被精靈殺害這個要素占了很重的比例嗎？還是雖然處於下意識的狀態，但是因為自己也變成了精靈才開始這樣想嗎——縱使無法得知詳細的理由，但士道作夢也沒想到能從她口中聽見這種話。

然而，不知道折紙是如何解讀士道的反應，她一臉抱歉地皺起眉頭。

「……對不起。精靈明明是殺了你哥哥的仇人。」

「妳……妳不需要道歉！」

「咦……」

聽見士道說的話，折紙露出大感意外的表情。大概是沒想到哥哥——正確來說是士道本身——遭精靈殺害的士道會說出這種話吧。

「我一點也不覺得妳的想法有哪裡不好。我——不對，大哥也一定會這麼說的！」

「五河同學……」

折紙以顫抖的聲音如此說完，微微抖著肩膀，露出泫然欲泣的表情。

「啊，對……對不起……我為什麼會這樣……」

她別過臉打算蒙混過去。士道沒有繼續追究，只是加深握住折紙手的那隻手的力道。

於是，就在這個時候——

「……！」

右耳的耳麥突然傳來類似吹奏樂的聲音。

『——好感度大幅上升！』

『數值到達上限！』

『……唔，看來留在她心中的不安是來自這個原因呢。』

緊接著，傳來令音和船員們的聲音。原來如此，折紙似乎煩惱著士道會如何看待她心中萌生出的對精靈不同於以往的情感。

『很好……！士道，感覺很棒！就這樣一口氣封印她吧！』

琴里如此說著下達執行命令……該怎麼說，氣氛全被破壞光了。士道握著折紙的手苦笑。

話雖如此，這確實不失為一個好機會。士道調整呼吸，壓抑因緊張而變劇烈的心跳後，悄悄面向折紙。

「折紙，那個啊——」

「啊！五河同學，你看！」

不過，士道的告白再次被打斷。因為折紙將身體探出設置在公園外圍的木製欄杆，指著天空。她手指的前方劃過一道閃爍的星星。

「是流星耶，流星。得許願才行。」

「咦？妳……妳突然叫我許願，我也——」

士道嘴上這麼說，還是在腦海裡描繪出願望——希望能順利封印折紙的靈力，以及希望折紙和十香她們能互相理解……不過那個時候，流星早已消失無蹤——

然而，就在那一瞬間——

「……？」

將身體探出欄杆仰望著天空的折紙突然屏住呼吸。握住她的手的士道的手隨後猛然被一把拉了過去。

『士道！』

琴里警告的聲音震動右耳的鼓膜。

士道一時之間無法明白發生了什麼事。但他——馬上便理解了。

可能是欄杆已經老朽的緣故，折紙施加體重的部分啪的一聲崩落。

當然，將身體探出欄杆的折紙也像被拋出去一樣，跟著從位於高地的公園外圍掉落。

「呀啊！」

「嗚哇！」

折紙發出高亢的尖叫聲。士道同時對現在發生的事和折紙的聲音大吃一驚，發出吶喊。

不過，應該說是不幸中的大幸，士道依然握著折紙的手。雖然因為突然加諸的負荷導致手臂的肌鍵快要被拉直，但士道總算使勁地將折紙的身體拉了上來。或許是那時被損壞的欄杆斷面劃到，左手產生劇烈疼痛。

「……喝啊！」

隨著奇怪的吶喊聲，士道和折紙的身體一起倒向後方。接著，折紙發出「呀！」的短促聲音，整個人趴在呈現仰躺姿勢的士道身上。

「痛死人了……妳……妳沒事吧，折紙？」

「唔……嗯……謝謝你，五河同學。」

折紙聽見士道說的話，以顫抖的聲音回應他。可能是嚇了一大跳，折紙靠在士道身上的胸口傳來「怦通怦通」劇烈的跳動聲。

士道這才發現——

自己與折紙靠近到能夠感受到彼此的氣息。

「…………！」

『——這是個大好機會喔，士道！好感度滿分。快點封印她！』

耳邊響起琴里的聲音。折紙的臉的確在只要士道稍微抬起頭就能碰到的位置。從剛脫離危險的狀況來看，也是個無與倫比的好機會。

「折紙……」

然而——

正當士道想親吻折紙的時候，他察覺到了她的異常。

因為折紙的視線並非朝向士道的臉，而是朝向更下方的……士道的左手。

士道循著她的視線望向自己的左手後，頓住了呼吸。

士道的左手因為拉折紙上來時受了血淋淋的割傷，不過……靈力的火焰在上方搖曳，舔拭著傷口。

瞬間——右耳的耳麥響起震耳欲聾的警報聲。

『……！士道！快逃！』

琴里的吶喊震動鼓膜的同時，趴在士道身上的折紙宛如被從天空垂下的絲線拉扯似的，緩緩坐起身體。

接著站起來後，以和剛才的印象截然不同的空洞眼神呢喃：

「——精靈……」

「…………！」

士道瞪大了雙眼。

那和前幾天士道在學校頂樓看見的是同樣的光景。

——和折紙看見精靈狂三時是同樣的光景。

令音提過的「假設」掠過士道的腦海。

折紙只會在看見精靈的時候恢復原本世界的記憶——化為精靈。

而舔拭士道手臂的火焰正是精靈〈炎魔〉的力量。

「啊、啊、啊啊、啊、啊、啊啊……」

折紙以空洞的眼神仰望天空，身體不斷痙攣，口水從嘴邊滴下，呈現出非比尋常的模樣。

「折……折紙，等一——」

士道驚慌失措，想要呼喚折紙。但話語未落，折紙身體周圍便產生強烈的靈力薄膜，輕而易舉地將士道的身體震飛到後方。

「唔……！」

士道的頭部、背部撞擊到地面，好不容易抵銷了衝擊，跪趴在原地抬起頭。

於是，折紙周圍像漆黑蜘蛛絲的物體呈放射狀擴展開來，如同漩渦般纏繞住折紙的身體。

「那是——」

猶如喪服的漆黑靈裝。

那副姿態——無庸置疑是……

在原本世界蹂躪整座城鎮的那個反轉體的姿態。

◇

「唔……」

在精靈公寓的某個房間，十香抱著大抱枕躺在沙發上。

如今房間裡不只十香一人。稍微往電視的方向望去，便能看見八舞姊妹以冰淇淋為賭注，正在比賽賽車遊戲，而四糸乃和七罪則在她們的後方談天說笑。

沒錯。今天因為士道和琴里說有要事在身，五河家沒有人在，所有人便聚集到十香的房間。

「唔……」

十香發出不知是第幾次的低吟聲，在沙發上翻了個身。

她並非不滿意五河家沒有人在，以前也發生過幾次這種事。

吃不到士道做的菜確實令十香感到有些失落，但士道和琴里也很忙碌，不能因為十香的任性而讓兩人為難。

不過……該怎麼說呢？不知為何，十香今天心裡感到特別忐忑不安。

不對，說得更正確一點，不只是今天。自從幾天前——班上轉來一個轉學生之後，十香的胸口一帶就異常焦躁。

就在十香苦著一張臉發出聲音時，美九的臉從沙發椅背冒了出來。

「呵呵呵，十香，妳怎麼了呀？因為達令不在，所以妳心情不好嗎～」

「不是這樣啦。只是……」

十香露出愁眉苦臉的表情後陷入思考，尋找能表達自己現在心情的語句。不過，實在找不到適當的詞彙。

「……唔。」

於是，美九發出「啊啊嗯」的叫聲，紅著臉莞爾一笑，以跳高選手越過欄杆的方式跳過沙發，鑽進十香和椅背的空隙間。

「討厭啦！一臉困惑的十香也好令人心癢難耐呀！呼唔！呼唔！」

她一邊這麼說一邊扭動著身體。順帶一提，後半段的神祕聲音，是她將臉埋在十香的背後所發出的急促呼吸聲。

「妳幹嘛啦，美九，很癢耶！」

「唔～有什麼關係嘛～又不會少塊肉～」

美九環抱住十香的身體，熱情地用臉頰摩蹭。十香用手抵住美九的額頭，用力往後推，企圖將美九從自己的身上扒開。

就在這一瞬間──

「…………！」

十香不由得皺起了眉頭。

她不清楚原因為何，只是──身體有某種感受，就像是腦中有火花四射的感覺。

「什麼……」

「戰慄。剛才的感覺是──」

看樣子，感受到那種感覺的人似乎不只有十香。原本在對打遊戲的八舞姊妹同時抬起頭。或許是那時操作失誤的關係，電視螢幕顯示出撞車的畫面。

四糸乃和七罪也在她們的身後皺起眉頭察看四周，就連緊抱住十香不放的美九也露出吃驚的表情。

「怎……怎麼回事……」

「────」

十香本能察覺到危險後，從沙發上一躍而起，打開門窗，光著腳走到公寓的陽臺上。

然後將身體探出扶手，左顧右盼後發現夜空之中，遙遠的高地一帶隱約發射出光芒。

「那是……！」

若是普通的人類，這點程度的亮光並不足以引起他們的注意。不過，身為精靈的十香一眼就認出來了。那道光芒是靈力所產生的──那個地方，有某個擁有強大力量的人存在。

「哼，真可疑呢。這種感覺是……」

「首肯。是精靈──呢。」

其他人也跟在十香後面來到陽臺。然後，宛如事先商量好似的望向十香感覺到靈力的方向。

「請問……那裡是……」

「啊……我記得好像是有公園的那一帶吧？」

「…………！」

美九如此說道的瞬間，十香的腦海裡掠過現在不在場的士道的臉龐。

沒錯。聽美九這麼一說，那裡是士道曾經帶十香去過的地方。

理解這一點的瞬間，十香的心臟劇烈地跳了起來。

士道並不一定在那裡。不過，腦海裡浮現的士道臉龐與始終盤踞在內心的異樣感交雜在一起，令十香心跳加速。

「十香！」

「十香！」

「——！」

十香半下意識地踏上陽臺的扶手，就這麼躍身在黑夜之中。

◇

『靈力值到達E級！鳶一折紙反轉了！』

『唔——令音的假設果然沒錯嗎……！』

士道右耳的耳麥不斷傳來琴里和船員的聲音，以及本能通知危險的警報聲。

「…………」

他聽著這樣的聲音，一個人靜靜地凝視著折紙的身影。

當然，士道頭腦一片混亂。本以為終於獲得救贖的折紙再次反轉，令士道顫抖不已。

不過在這樣的情況之下，他的頭腦某處卻又極其冷靜地判斷著狀況。

士道朝地面一蹬，衝向折紙。

然而，在靠近折紙之前又再次被她周圍形成漩渦的靈力屏障給震飛。

「唔——」

『士道！你在幹什麼啊！』

「要是現在……不阻止折紙，事情就麻煩了！」

沒錯。既然折紙的反轉是因為她目睹士道下意識顯現出的治癒火焰所引發的，那麼只要身為目標的士道不從折紙的眼前消失，她反轉的狀態恐怕就不會解除吧。

不過，士道當然無法像狂三一樣製造出替身。

也就是說，折紙——在士道死亡之前都會持續狂暴，然而一旦滿足了解除折紙反轉狀態的條件，也就意味著永遠失去封印折紙靈力的手段。

當然，士道擁有琴里庇護的治癒火焰的力量。如果受的是輕傷，立刻就能治癒。

不過，那個力量也有極限。士道五年前的確代替折紙的父母受到強烈的攻擊，但士道不清楚那究竟真的是靠琴里的靈力治癒了傷勢，還是【十二之彈】在受到攻擊的前一刻失去效力。

況且，假如真的能治癒，只要折紙意識到士道還活著就有可能維持反轉的狀態。

那麼——機會只有現在。

只有在折紙還沒顯現出那些「羽毛」的此刻，才有機會靠近她。

「……折紙！」

士道呼喚著她的名字——回想起過去目睹的光景。

反轉的折紙從天上降下黑暗，將城鎮踐踏得體無完膚的光景。

不能再重現那樣的事情，不能再讓折紙做出那樣的事情。

士道緊握住拳頭，打算再次衝向折紙。

『等一下，士道！馬上遠離折紙！』

然而就在那一瞬間，琴里的吶喊震動他的鼓膜，令他不由自主地停下腳步。

「妳……妳在說什麼啊！機會只有現在——」

『所以我才叫你遠離她啊。你該不會打算以肉身突破靈力屏障吧？』

「——咦？」

士道不禁瞪大雙眼。

琴里的聲音在右耳響起的同時，好幾道淡淡的光芒出現在折紙的周圍，尖銳的金屬塊隨後從中現身。

形狀像菱形的金屬片橫向延展。打個比方來說，是個宛如巨大「樹葉」的物體。它們在自己的周圍展開無形的防護牆包圍住折紙，並將尖端朝向她。

「這是……」

『——展開〈世界樹之葉〉（Yggd Folium）！』

琴里如此說的瞬間，原本展開在「樹葉」周圍的隱形障蔽愈變愈大，從四面八方擠壓身穿漆黑靈裝的折紙的身體，束縛住她的行動。

「什麼——」

『〈世界樹之葉〉能各自展開隨意領域，是〈佛拉克西納斯〉的汎用獨立Unit。抱歉，我事先在周圍布下了〈世界樹之葉〉。只是我沒想到真的會派上用場。』

琴里從鼻間哼了一聲，如此說道。

於是，下一瞬間，士道和折紙身處的公園遙遠上空發出閃爍的光芒後，就像在周圍展開的鏡面剝落一般，空中艦艇〈佛拉克西納斯〉旋即現身，似乎在不知不覺間已經降落到能以肉眼確認的位置。

在一般情況下，〈佛拉克西納斯〉會利用顯現裝置在四周展開隱形迷彩，隱藏它的存在。而只有在想將顯現裝置的效果發揮到展開在艦身周圍的隨意領域範圍之外時，這艘艦艇才會現身。

具體而言，就是利用傳送裝置從外部回收人或物資，或是發射〈世界樹之葉〉到外部時。

以及——發射主砲〈銀槲之劍〉（Mistilteinn）的時候。

「琴里，妳該不會！」

士道大叫出聲後，位於上空的〈佛拉克西納斯〉便像回應士道般緩緩垂下艦首，將砲門朝向地上的折紙。這是利用隨意領域控制行動的空中艦艇才能做到的極為不穩定的姿勢。

然後，魔力之光逐漸充滿那座砲門。

『放心，威力會做調整。我會用〈銀槲之劍〉在數秒內突破靈力障蔽，你趁機接近折紙！』

「……！我……我知道了！」

『——雖然我不太想使出激烈的手段，但我們也不能讓城鎮遭到破壞啊。』

『司令，魔力填充完畢，隨時可以射擊！』

船員的聲音響起，回應琴里說的話。

『很好。目標人物是地上的鳶一折紙！可別射歪嘍，神無月！』

『請交給我吧。』

〈佛拉克西納斯〉副司令神無月恭平沉著的聲音震動著士道右耳的鼓膜。

『〈銀槲之劍〉，發——』

不過，就在琴里正要下達指令的瞬間，士道不由自主地屏住了呼吸。

「琴里！快逃——！」

然後，扯開喉嚨大喊。

理由很單純。因為士道視線的前端——飄浮在黑暗天空的〈佛拉克西納斯〉周圍，就像包圍折紙的〈世界樹之葉〉一樣，釋放出漆黑光芒的無數「羽毛」——〈救世魔王〉現身了。

『咦——？』

通知危險的警報聲和琴里錯愕的聲音透過耳麥傳來。

〈救世魔王〉將前端朝向〈佛拉克西納斯〉，同時釋放出宛如集結濃密黑暗的黑色光線。

黑暗從四面八方襲擊〈佛拉克西納斯〉的白色艦身，艦身不是發生爆炸就是被削切或貫穿。

士道右耳的耳麥響起震耳欲聾的爆炸聲，以及琴里等人的慘叫聲。

『呀啊！』

「琴里！琴里……！」

即使士道高聲呼喚，琴里也沒有回應。取而代之的是飄浮在上空的〈佛拉克西納斯〉到處冒煙，原本束縛住折紙的〈世界樹之葉〉同時無力地閃爍著光芒，掉落在附近。

「啊……」

士道因戰慄而瞪大雙眼，發出短促的聲音。

〈佛拉克西納斯〉逐漸從夜空中墜落。那幅情景與士道在原本世界曾經目睹過的十分相似。

當時，〈佛拉克西納斯〉也是被折紙擊落。

「為什麼……啊……！」

士道半下意識地高聲吶喊。

理應改變的歷史，理應改寫的世界，接二連三地沿著原本的形式逐漸改變軌跡——像在宣告不管士道怎麼掙扎，一旦結果成定局就無法改變。

「————」

從枷鎖中解脫的折紙一語不發地飄浮在原地，像胎兒一般蜷縮起身體，宛如封鎖自己的心，與外界隔離。

同時，無數的「羽毛」前端開始充滿黑暗，企圖追擊緩緩降低高度的〈佛拉克西納斯〉。

「……！折紙！」

士道呼喚折紙的名字，打算再次衝向她。不過——被靈力的障蔽阻礙，甚至無法觸摸到折紙的身體。

在士道這麼做的期間，等在空中的漆黑「羽毛」仍然打算發射砲火攻擊〈佛拉克西納斯〉。〈佛拉克西納斯〉已經因為先前的攻擊呈現半毀狀態，要是再次受到攻擊，不知道〈佛拉克西納斯〉還有裡面的船員們會是什麼下場。

「住手啊，折紙！不要這麼做——！」

不過，士道的吶喊並沒有傳到折紙的耳裡。

漆黑的光線從無數「羽毛」前端釋放而出。

「……！」

然而——就在這個時候……

四周突然颳起一陣狂風，漆黑的羽毛因此搖動，微微改變了方向。從〈救世魔王〉釋放出的光線掠過〈佛拉克西納斯〉的艦身，朝虛空延伸而去，逐漸消失。

即使風壓再怎麼強烈，區區一陣狂風怎麼可能搖動〈救世魔王〉。士道察覺到那陣風的真面目後，猛然晃了一下肩膀。

「這是……」

下一瞬間，折紙的身體周圍出現好幾根小「羽毛」，它們的前端立刻朝向士道。看樣子，士道也被判斷成是敵人。

「唔——！」

這個數量，士道無法完全閃避。士道做出覺悟面對即將到來的衝擊，僵住身體。

然而，比「羽毛」——折紙的天使發射砲擊還早一步……

「——喝啊啊啊！」

上空傳來這樣的聲音，顯現出限定靈裝的精靈隨後揮舞著巨大寶劍，震飛漆黑的「羽毛」。

「你沒事吧，士道！」

「十香！」

士道呼喚少女的名字。沒錯，出現在那裡的，正是理應待在五河家隔壁公寓的十香。

不對，不只她。身穿限定靈裝的精靈們繼十香之後，接二連三現身在公園。

乘坐在巨大兔子手偶背上的四糸乃、化為成人姿態的七罪、身體周圍顯現出光之鍵盤的美九，天空中還有剛才捲起狂風，拯救〈佛拉克西納斯〉脫離險境的八舞姊妹。

「妳們——怎麼會在這裡！」

「那……那個……」

「呵呵呵，達令有難，馬上趕來是理所當然的吧～」

「哎，不過就是追在十香後頭過來的嘛。」

「啊～不可以說出來啦！」

美九「噓！」的一聲豎起一根手指。大人版的七罪以與處於原本姿態時截然不同的從容姿勢聳了聳肩。

「所以呢——士道。」

十香舉起天使〈鏖殺公〉保護士道，不敢鬆懈地瞪著折紙，開啟雙脣：

「……我感覺到一股強烈的靈力。她到底是什麼人物？」

十香詢問士道。士道緊緊握住拳頭，力道強得指甲似乎都要陷進肉裡。他回答：

「她是……折紙。」

「什麼……？她就是那個轉學生嗎？」

十香一臉疑惑如此說道。不過，也難怪她會做出這種反應。這個世界的十香才認識折紙沒幾天——更重要的是，就算說那個身穿漆黑靈裝飄浮在空中的人是同班同學，十香一時之間也無法相信吧。

光是面對面就令人害怕得縮起身子的壓倒性威嚴。

DEM的艾薩克·威斯考特曾經稱呼反轉的精靈為魔王——而如今位於士道眼前的「那個」散發出驚人的氣勢，說是魔王一點也不為過。

「…………！」

不過，士道緊咬牙齒，向前踏出一步。

「士道……？」

看見士道的舉動，十香皺起了眉頭，想必是想警告他危險吧。

這一點，士道再清楚不過了。可是，士道必須前往折紙的身邊。

如果就這麼放任折紙升上天空，在眼下擴展開來的天宮市勢必會再次淪為士道記憶當中的廢墟，而折紙也恐怕——永遠無法回到正常狀態的折紙了吧。

唯有這件事，士道非阻止不可。

雖然可能性微乎其微，但能抓住折紙的手的——只有士道一人。

不過——光憑士道的力量是辦不到的。

在強大的魔王面前，士道的力量顯得微不足道。

「……大家……」

士道出聲對趕來自己身邊的所有人說了。

——應該叫她們趕快逃吧。

應該叫她們別跟折紙交戰吧。

然而，士道——

「——請妳們……助我一臂之力……去幫助那傢伙吧！」

儘管覺得對她們過意不去，他還是只能這麼說。

於是，站在士道前面的十香一瞬間露出目瞪口呆的表情後回答：

「你在說什麼傻話啊，那還用說嗎！」

十香使勁握住〈鏖殺公〉的劍柄。

「是士道你拯救了我，告訴我世界有多麼美好，是你創造了我的世界。那麼，這次該換我幫助你了。」

「十香……」

十香說完後，其他精靈也跟著點了頭。

「我和四糸奈……也想幫上士道的忙……！」

「沒錯沒錯，你只要老老實實地依賴大姊姊就好。士道的力量不怎麼強，不可以逞強～～」

「話說，要是你叫我們趕快逃走，就算是達令你，人家也會生氣喲～～」

四糸乃、七罪、美九揚起嘴角輕笑著說。緊接著，傳來飛舞在空中的耶俱矢和夕弦的笑聲。

「呵呵，好吧！汝的覺悟，本宮確實體會到了！本颶風皇女八舞，就助汝一臂之力吧！」

「接受。天空就請交給夕弦和耶俱矢吧。」

「各位──」

聽見大家說的話，士道緊握拳頭。

「謝謝妳們。走吧，去折紙那裡！」

◇

──「折紙」感到十分迷惘。

在士道救了差點從公園外圍摔落的她之後，折紙看見士道的手臂上有某種搖曳的發光物體的瞬間，她的意識又一如往常地開始漸漸模糊……

等她回過神來，發現自己站在一個陌生的地方。

那是個放眼望去白茫茫一片、什麼東西都沒有的空間。甚至連頭頂上的是天空還是天花板，前方是否為地平線都不確定。雖然姑且算是「站」在那個地方，但連踩踏地面的觸感都模糊不清，要是一個不留心，甚至有種自己是否正飄浮在空中的錯覺朝自己侵襲而來。就像不小心闖進空白漫畫框裡的感覺。

（這裡，是怎麼回事……）

折紙環顧四周，怔怔地呢喃。

（怎麼想，都是在作夢……吧。）

折紙沒花太多時間便做出判斷。不過，這也難怪。因為這種空間不可能存在於現實。

就在這個時候——

（……咦？）

折紙突然瞪大雙眼。

因為她的視線前方到剛才為止一無所有的空間，不知不覺間出現了一名少女。

那是個身穿黑暗般漆黑洋裝，身材纖瘦的少女。她抱著腿蜷縮身體，表情空洞。

（妳是……）

話還沒說完，折紙赫然發現——

（我——？）

沒錯。由於這幅情景太過荒謬，以至於折紙一時之間沒有認出來，但待在那裡的，無論從哪個角度來看都是折紙本人。

不對……說得更正確一點，兩人有一些差異。折紙的頭髮長過背的一半，但眼前蜷縮著身體的少女頭髮只長及肩膀。

話雖如此，反過來說的話，除了身上穿著的衣服以外，只有這一點差異了。這種宛如在照鏡子的奇妙感覺令折紙的臉頰不禁冒出汗水。

（這到底是怎麼回事……）

雖然剛才折紙將這個地方、這種感覺判斷為在作夢，但她還是不由得疑惑地皺起眉頭。

不過，就在這一瞬間……

（————！）

折紙的腦海裡一口氣湧入了不曾見過的景色和話語。

不對……說得更正確一點，有些許的不同。

在剎那間獲得這項資訊的同時，折紙內心產生了一種類似確信的感覺。

（這是……我的記憶……？）

沒錯，那正是折紙數年份的記憶。

倘若折紙走上和現在稍微不同的其他道路，勢必就會經歷過的記憶。

——「折紙」曾經封閉自己的心。

目睹搖晃的靈力火焰的瞬間，折紙心中萌生這樣的情報。那是折紙早已忘懷的原本世界的折紙記憶。

隨著這段記憶逐漸侵蝕意識，折紙感覺自己的身心慢慢染成漆黑的色彩。

五年前。

沒錯，五年前的那個夏天，在折紙眼前遭到殺害的是折紙的父母。

然後——殺害父母的精靈正是折紙本身。

想起這件事的瞬間，折紙的腦袋一片空白。

那或許是一種為了保護自己的防衛本能吧。

過去構成自己的根本要素。

成為以往生活目標的自己生命的意義。

感覺到那些東西以最壞的形式化為烏有的頭腦為了避免自我完全毀壞，而將那段記憶從這個世界的折紙隔離。

那就是存在於這個世界的規則。當有精靈的力量展現在這個世界的折紙面前，她的意識便會遭到隔離，由擁有原本世界記憶的折紙掌控身體的支配權。

折紙已經沒有任何想法、沒有任何思緒、沒有任何感覺。

折紙的力量只朝向一個目標——殺死眼前的精靈。

然而——理應摒棄一切的折紙腦中卻突然產生一道小小的光芒。

她不明白發生了什麼事。就算理解狀況，現在的折紙也無法產生知覺。

——照理說，是這樣才對。

然而，那道光卻在折紙的腦海裡擴展成某段記憶。

沒錯，那就是……

活在五年前的那天父母沒有死去的世界裡的折紙記憶。

（——啊——）

折紙發出十分細微的聲音。

於是，與此同時——

「折紙」和「折紙」的意識有如漩渦一般將彼此捲入，開始混合在一起。

◇

「呵呵！吾等是受風眷顧的颶風皇女！」

「呼應。這個世界沒有人能夠追上夕弦和耶俱矢。」

八舞姊妹兩人說完，同時朝下方一蹬，輕盈地飛舞在天空。下一瞬間，光線穿過兩人剛才的所在地。看樣子，攻擊〈佛拉克西納斯〉的〈救世魔王〉似乎將這兩人認定為威脅。

「哼！就算威力再怎麼強大，射不中就沒什麼大不了的！」

耶俱矢高聲說道，不斷以特技飛行在千鈞一髮之際閃避逼近而來的光線。

「建議。士道，趁現在。在夕弦和耶俱矢兩人吸引它們注意力的期間，快接近本體。」

夕弦和耶俱矢一樣，一邊閃避著光線一邊對地上的士道等人說道。士道點點頭後，將視線移回折紙身上。

「各位，拜託妳們了！」

「好！」

士道說完，精靈們齊聲回答。

不過，從〈世界樹之葉〉的束縛中解脫的折紙身體同時緩緩升向天空。

不能讓折紙逃到空中。士道大喊：

「美九！」

「是、是～～交給人家吧！」

於是，美九的手指在展開於自己周圍的光之鍵盤上滑動，開始彈奏流麗的曲調。

「〈破軍歌姬（Gabriel）〉——【輪旋曲（Rondo）】！」

結果，配合著這個音樂，好幾根銀筒出現在折紙周圍，將前端朝向折紙。美九彈奏的音樂化為無形的力量，層層疊疊，將企圖升上空中的折紙壓回地面。

「呵呵，很有一套嘛，美九。」

或許是看見這幅情景，七罪露出妖魅的微笑。

「不過，美九壓制住那孩子的話，就無法執行原本的工作了呢。既然如此——」

七罪高舉右手，於是她的右手手中顯現出一把有如掃帚的天使。然後——

「〈贗造魔女（Haniel）〉——【千變萬化鏡（Kaleidoscope）】。」

七罪呼喚這個名字的瞬間，握在她手中的掃帚猶如軟柔的黏土般扭曲變形，化為銀筒和鍵盤的形狀。

「咦！這是……！」

敲著鍵盤的美九露出驚愕的表情。這也難怪。因為七罪顯現出來的是形狀和美九的〈破軍歌姬〉一模一樣的天使。

「借用一下嘍，美九。其實自從我上次看見，就一直很想『模仿』一次看看呢。」

七罪說完，交叉雙手用力敲打鍵盤，開始彈奏英勇的旋律。

「【進行曲（March）】！」

聽見那首曲子的士道等人身體開始充滿精力。雖然精確度有些許差異，但無庸置疑是美九的【進行曲】。

「討厭啦！七罪這個學人精！」

「呵呵，有什麼關係嘛。這也是為了士道呀。」

「氣死人了。之後人家會好好跟妳討著作權使用費！偶像可是很注重權利方面的事～～」

美九氣得鼓起臉頰。看樣子，她似乎對只屬於自己的天使被別人重現一事感到有些不甘心。

話雖如此，攻守方面都有〈破軍歌姬〉助陣，對士道等人來說是如虎添翼。十香和四糸乃做出前傾的姿勢，打算衝向折紙。

不過，宛如要與之對抗，折紙周圍的空間扭曲歪斜後，更多的「羽毛」隨即從中出現。它們以不規則的路徑四處飛翔，朝士道等人放射光線。

「唔——！」

「士道！」

「喝啊！」

四糸乃和化為天使〈冰結傀儡〉的「四糸奈」發出聲音，走上前去保護士道。她們在一瞬間集結並凍結空氣中的水分，改變折紙發射出的光線路徑。

「抱歉，四糸乃、四糸奈！謝謝妳們的幫忙！」

「不會……別放在心上，重點是請小心一點，它還會發出攻擊！」

四糸乃不敢大意，凝視著飛舞在空中的「羽毛」說道。

四糸乃說的沒錯，無數的小「羽毛」至今仍飄浮在折紙周圍。

若是顯現出完全狀態的靈裝倒還無所謂，但憑現在的精靈們所穿的限定靈裝，光是受到攻擊就可能造成致命傷。雖然八舞姊妹和四糸乃靈活地閃避攻擊或是改變攻擊的路徑，但士道不認為這個方法能一直通用下去。必須盡早到達折紙的身邊──

就在士道陷入思考的時候，「羽毛」彷彿察覺到他的想法似的，同時將前端朝向他。

不過──

「喝啊！」

隨著有如裂帛般清厲的氣勢，士道的視野內閃過一道光芒，隨後「羽毛」便一齊被震飛。

「十香！」

士道高聲吶喊。沒錯，是十香用〈鏖殺公〉釋放出一擊，在光線發射前攻擊了「羽毛」。

然而，憑處於限定狀態的〈鏖殺公〉的力量不足以粉碎「羽毛」。毫髮無傷的「羽毛」彷彿都有自己的意志，各自展開行動，再次將黑暗聚集到前端。

「──四糸乃，士道就麻煩妳保護了！」

「好……好的……！」

四糸乃回應背對著她這麼說的十香。

「士道，走吧！請待在我的後面……！」

四糸乃說完，用冷氣在〈冰結傀儡〉的前方形成一道裝甲。

「我……我知道了——！」

四糸乃拉動雙手，像在操縱傀儡一般驅使〈冰結傀儡〉向前進。士道躲在那隻大兔子的後頭，朝折紙前進。

不過不待數秒，〈冰結傀儡〉便停止進軍。士道探頭一看，發現折紙的周圍似乎顯現出新的「羽毛」，並且以它們為中心製造出一道強力的靈力障蔽。若是它們發動攻擊，只要改變「羽毛」的路徑就好。不過若是像這樣徹底防禦，就只能靠蠻力強行突破了。

「唔……唔唔——」

「唔咕喔喔喔！這還真堅固呢！」

「四糸乃、四糸奈！妳們還好嗎！」

「不要緊……！」

四糸乃痛苦地回應，怎麼聽都不像是不要緊。

不過，四糸乃露出銳利的視線後握起雙手，將〈冰結傀儡〉的身體蜷縮成一團。

「我是個……膽小鬼、愛哭鬼……但是為了把士道……送到那個人的身邊……」

〈冰結傀儡〉的全身開始散發出淡淡光芒。

「——我需要打破屏障的力量！」

四糸乃張開雙手。從五指延伸到〈冰結傀儡〉背部的絲線閃閃發光。

「〈冰結傀儡〉——【凍鎧(Siryon)】……！」

吶喊這句話的瞬間，〈冰結傀儡〉巨大的身軀扭曲歪斜，隨後宛如被吸進去一般集中到連結著四糸乃手指的絲線中。

然後，儲存濃密光芒的絲線覆蓋般纏繞住四糸乃的身體。

「四糸乃……！」

看見這未曾見過的光景，士道不由自主地發出高八度的驚愕聲。

然而，回應士道的是……

「——是的，士道。」

四糸乃意志清晰、強而有力的話語。

光芒消散，終於能看見四糸乃的身影。

「鎧甲……？」

士道目瞪口呆地低喃。

沒錯。出現在眼前的，是身穿銀白色鎧甲的四糸乃身影。

不對——如果要求語句的正確度，不曉得是否能稱之為鎧甲。分不清是金屬還是樹脂的奇特物質與清澈的冰融為一體，覆蓋著身穿靈裝的四糸乃，形成宛如纏繞著〈冰結傀儡〉的姿態。

「嗯……！」

四糸乃全身包圍著凍氣，然後將雙手推向前方，十指交扣。

包覆著銀白鎧甲的雙臂周圍捲起螺旋狀的暴風雪，形成巨大的圓錐。

「啊啊啊啊啊啊啊……！」

四糸乃竭盡全力扭轉交握的雙手。剎那間，在四糸乃雙手周圍呈漩渦狀旋轉的冷氣錐猶如電鑽一般，撬開「羽毛」和「羽毛」之間的縫隙。

「士道……趁現在……！」

「好——我知道了！」

士道回應四糸乃後，滑進四糸乃為他開闢的道路，直接奔到折紙身邊。

被美九的【輪旋曲】壓制住的折紙還停留在距離地面一公尺左右的位置。當然，以處於反轉狀態的折紙力量，勢必能輕易彈開只能發揮限定能力的美九的聲音，但是——在現在的折紙身上感覺不到一絲精力和意志那類的東西。

進行攻擊的也只有漆黑的「羽毛」，折紙本身甚至沒有發出聲音。宛如身體的免疫機能不顧本人的意志，擅自排除外敵。

「——折紙！」

士道扯開嗓子呼喚折紙的名字。

然而，折紙果然還是一點反應都沒有，染上絕望的雙眸只是空洞地仰望著虛空。

「唔……！」

士道憶起原本世界的光景，緊咬牙根。

當時士道也像現在一樣，多虧了大家的幫助才得以到達折紙的身邊。不過，折紙完全緊閉自己的心房，無論士道對她說什麼，她都沒有反應。

這樣下去，會跟當時一樣。

士道一個人的力量太微弱。

他需要某種力量——當時沒有的某種力量。

士道大聲吶喊，朝折紙伸出手。

所以，接下來——需要折紙發自內心的衝動，主動抓住士道的手。

◇

在折紙的腦海裡交雜了兩段記憶。

是一種宛如雙方同時看著體內的另一個自己的奇妙感覺。

這也難怪。因為無論是原本世界的折紙還是這個世界的折紙，都是折紙本身。

由於同時擁有那兩段記憶，折紙終於恍然大悟。

今天和士道約會時所產生的奇特異樣感，以及自己的身體像是依照其他人的意志而行動的感覺，全是因為折紙的身體在潛意識當中對士道的存在產生反應。

現在這個狀態也是一樣。照理說，這個世界的折紙「現在」——不可能在展現精靈能力的狀態下清醒。

不過，因為受到士道這個存在的影響，原本世界的記憶和這個世界的記憶交界變得模糊不清——結果造成折紙的兩段記憶互相接觸的異常情況。

因此引發折紙無比的混亂。緊閉心房，打算捨棄一切的折紙，與試圖阻止她這麼做的折紙，在同一個容器中複雜地糾葛在一起。

（我在五年前，把爸爸和媽媽——）

（——在這個世界並沒有發生那種事！五年前，五河同學的哥哥救了爸爸和媽媽……！）

折紙說話的同時，腦海裡浮現拯救她父母不受到光線攻擊的少年身影。啊啊，回想起來，那並不是士道的哥哥，而是士道自己。正因為如今折紙擁有原本世界的記憶，才能如此確信。

然後，火災過後和父母度過一年的幸福時光，滲透進折紙腦髓的每一個角落。面帶微笑的父母、溫暖的天倫之樂，三人共同度過的無可取代的時光。
如果過去擁有這段記憶，這幅光景遺留在腦海裡，折紙勢必能選擇其他生活方式吧。
然而——
（那麼……這是怎麼回事？在我體內的這段記憶到底是怎麼回事……！）
周圍的景色陷入一片火海，接著浮現火光搖曳的城鎮光景。刻劃在道路上的坑洞、散落一地的屍塊、流出後立刻燒焦的血液，以及仰望天空的年幼折紙。
那正是原本世界的折紙曾經歷過的五年前所發生的事。
看見有如地獄的記憶，折紙感到強烈的暈眩和嘔吐感。
（嗚……啊……啊……）
鮮明的真實感。那也難怪。畢竟身歷其境的不是別人，正是折紙。
（我已經——無法承受了。我……已經……）
（沒那……回事……！）
即使快被交雜著悲哀、憤怒和強烈厭惡的情感給壓垮，折紙仍然想出言安慰。
不過，腦海裡浮現其他記憶，打斷了她的話。
理應一無所知的原本世界的事、反轉的視野、蔓延天空的黑暗、崩塌的城鎮，看見這淒慘無比的光景，折紙不由得想發出哀號。

（啊……啊……啊……啊啊啊啊啊……）

在這個世界並沒有發生，但確實是折紙引發的光景。

折紙感覺自己的視野扭曲歪斜，有一種自己的存在逐漸染成黑色的錯覺，甚至連維持意識都變得困難。

——不過，她不能認輸。若是折紙失去意識，就沒有人能阻止她。

因為五年前的事情已經被「抹消」，所以不用在意——這種話她說不出口。

因為這裡並沒有發生折紙在原本世界引發的大破壞，所以忘記吧——這種話她說不出口。

但是，如果折紙在這裡放棄了一切，她就會在尚未發生任何事的這個世界做出和原本世界相同的事情。

肯定會有好幾個城鎮毀滅吧，勢必會有無數的人死亡吧。

如此一來，折紙一定會再也無法恢復原本的狀態。她無論如何都必須阻止這件事發生。

然而——

（嗚……啊……啊啊——）

負面情感的洪流接二連三湧入腦海，折紙終於跪倒在地。

折紙肯定也明白吧。她犯下的過錯並不存在於這個世界。如果在這個世界，她能夠重新來過。因為就像兩人共享了原本世界的記憶，折紙也擁有這個世界的記憶。

然而理解到這一點後，自己怎麼可以繼續生活在這個世界。這種感情在折紙的體內肆虐。

（住……手，我——啊……啊啊啊啊啊啊啊啊啊啊………！）

折紙發出哀號。

——折紙一個人的聲音太微弱。

光靠這個世界的折紙無法拯救原本世界的折紙。將這個世界的記憶共享出去並且保持清醒，折紙就已經精疲力盡。

沒錯——折紙能做到的，只有鼓勵折紙而已。

要拯救折紙，必須有人從外頭呼喚她，必須有人抓住她的手。

可是，有誰會願意伸手幫助處於反轉狀態，對世界散播絕望的折紙——

「——折紙……！」

（……！）

聽見突然響起的聲音……

折紙抬起頭。

（士……道……）

沒錯。在空無一物的世界裡響起的，正是五河士道的聲音。

一片白茫茫的空間發出「啪」的一聲，產生裂痕。

（怎麼……會——）

折紙發出的聲音肯定傳不到士道耳裡。不過，士道繼續大聲吶喊，呼喚著折紙。

「不要一個人承擔！五年前我說過吧！妳不是孤單一人……！」

（啊——）

士道說的話喚起了折紙心中五年前的記憶。

——妳的悲傷，由我來承受……！妳的憤怒，由我來接收……！如果感到迷惘，就依賴我！

如果面臨無可奈何的事態，就使喚我！全部、全部都發洩到我身上沒關係！所以、所以——

（啊……啊啊……）

「千萬——不要感到絕望……！」

記憶中的士道的聲音與傳進耳裡的士道的聲音，兩兩重疊。

折紙感到周圍空間產生的裂痕變得更大了。

「無論妳打算破壞世界幾次，我都一定會想辦法阻止！不管妳即將陷入絕望幾次，我都一定

會拯救妳……！」

（我……）

「所以，把手伸過來！我——需要妳！」

「————」

聽見這句話的瞬間——

折紙感覺到自己的身體依照其他人的意志而行動。

啊啊，回想起來，那種感覺……

和今天她在這個世界與士道約會時的奇特感覺十分類似。

當時，原本世界的折紙記憶下意識地驅動這個世界的折紙身體。

不過，現在——

與之相反，她認為是這個世界的折紙的記憶驅使折紙朝士道伸出手。

宛如——在對折紙說：活下去。

——空無一物的空間應聲碎裂。

◇

「——士……道……」

原本表情猶如死屍的折紙眼睛微微發出亮光，令士道不由自主地瞪大雙眼。

「……！折紙！」

折紙緩緩移動眼珠觀察四周的情況後，開啟顫抖的雙脣：

「我……」

「…………！」

聽見折紙壓抑的聲音，士道緊緊抱住她。

就像五年前的那天一樣。

「士……道……」

折紙繼續輕聲說道。

「謝謝……你，士道。謝謝你呼喚我。」

「折紙——」

「要是沒有你……我又差點做出無可挽回的事了。」

淚水從折紙的眼睛滑落，溫熱地濡濕了士道的肩膀。

「我……殺死父母的事實不會消失……在原本的世界，殺害鎮上居民的罪過……也永遠不會抹滅，即使那個事實已經被『抹消』也一樣……」

「……妳說的——」

士道無法輕易否定她。

理應沒有在這個世界發生過的事情，恐怕甚至沒有任何人記得的慘劇——士道親手將其「抹消」的事實。

士道緊咬牙齒，低聲呻吟般說道：

「……沒錯。那是妳必須背負的十字架。」

這是無比殘酷的宣告。

或許士道沒有資格說出這種話。縱使是為了拯救許多人的性命，但擅自改變歷史，無庸置疑是士道的罪過。

可是，士道無法說出違心之論。因為他認為若是蒙蔽自己的想法，把話說得冠冕堂皇，是對原本世界的折紙雙親、鎮上的居民，以及折紙嚴重的褻瀆。

「……我……我……」

折紙微微顫抖，然後——

「……啊……嗚啊啊……啊啊啊啊啊……啊啊啊啊啊啊啊啊啊啊啊……」

緊抱住士道，號啕大哭起來。

就像五年前的那天一樣。

沒錯……五年前，將眼淚交給士道保管的折紙自那天起肯定沒有流過一滴淚水，一直生活到現在。

對十幾歲的少女來說，五年的歲月實在太過漫長，但折紙在這段期間持續約束自己。

士道至今和折紙交談過無數次，也共同經歷過無數次生活。

但是，現在這一瞬間——士道感覺自己總算能看見折紙真實的面貌。

——不知經過了多久。

折紙維持緊抱住士道的姿勢，平靜地發出聲音：

「……士道，我也必須向你道歉才行。」

「向我道歉……？為什麼？」

士道這麼一問，折紙便放開士道，看著他的臉繼續說：

「我過去對你抱持的感情……肯定——不是喜歡……也不是愛慕。」

「咦？」

「我……只是單純地依賴著你……在痛失父母的地方偶然出現的你，只是剛好成了我的依靠，我只是為了掩飾自己的脆弱才依靠著你……因為我這份自私的感情，給你造成了許多麻煩……我衷心想向你道歉。」

「…………」

士道吐了一口氣後，揚起嘴角。

「——那我還真是榮幸呢。」

「咦……？」

聽見士道的回答，折紙大感意外地瞪大雙眼。

「至少我……真心認為……能認識妳，真是太好了。雖然是受到了一些困擾沒錯……但如果妳是基於那種感情而依賴我，我倒還想感謝妳呢。」

「士道……」

折紙發出顫抖的聲音。她的眼睛再次滲出淚水。

看見她的眼淚——士道輕輕點了點頭。

「對了……得還給妳才行呢。」

「還給……我？」

聽見士道說的話，折紙納悶地歪了頭。「沒錯。」士道點頭回答：

「那時候我保留的——應該不只是眼淚。」

「啊——」

聽見這句話，折紙似乎也回想起來。

回想起五年前的那一天，她說過的話以及交給士道保管的東西。

「那個，我……」

「折紙。」